크리스마스 캐럴

크리스마스 캐럴

찰스 디킨스 지음 | 황금진 옮김

더클래식

| 차례 |

1부
말리의 유령

우선 밝히자면 말리는 죽었다. 의심하고 자시고 할 것도 없다. 사망 확인서에 목사, 교회서기, 장의사, 상주가 서명을 했으니 말이다. 스크루지도 거기에 서명을 했다. 스크루지가 이름을 써넣은 일이라면 증권거래소에서도 신용할 정도였다. 말리 영감은 숟가락을 놓았다.

아뿔사! 그렇다고 숟가락의 어떤 면이 죽음을 떠올리게 하는지 내가 잘 안다는 건 아니다. 나라면 죽음에 가장 어울리는 쇠붙이로 숟가락보다는 관 뚜껑에 박힌 못을 떠올렸을 것 같다. 하지만 우리 조상님들의 지혜가 이 표현에 담겨있으니 부정한 내 손으로 건드려서는 안 될 터. 건드리는 날에는 우리나라의 명예에 폐를 끼치게 될 것이다. 따라서 말리가 숟가락을 놓았다고 다시 한번 또박또박 말해도 그러려니 해주시길.

스크루지가 말리가 죽은 걸 알았냐고? 물론 알고 있었다. 어떻게 모를 수 있겠는가? 스크루지와 말리는 동업자였는데. 얼마나 오래 동업을 했는지는 나도 모른다. 스크루지는 말리의 유일한 유언 집행인이자 유일한 유산 관리인이었으며, 유일한 양도인이자 유일한 잔여재산 수령인이었고 유일한 친구이며 유일한 조문객이었다. 이런 스크루지조차 말리의 죽음이라는 슬픈 사건에 크게 상심한 모습을 보이진 않았다. 스크루지는 장례식 당일에 뛰어난 사업가로서의 면모를 보이며 화끈한 흥정을 통해 엄숙한 장례를 치러냈다. 말리의 장례식 얘기가 나오니 내가 처음에 하려던 이야기가 다시 떠오른다. 말리가 죽었다는 사실에는 의심의 여지가 없다. 이 점은 확실하게 이해가 될 것이다. 그걸 이해하지 못한다면 내가 앞으로 할 얘기가 시시하게 들릴 것이다. 햄릿의 아버지가 연극이 시작되기 전에 이미 죽었다는 사실을 확실히 믿지 못한다면 햄릿의 아버지가 편동풍이 부는 야밤에 자신이 살았던 성벽 위를 걸어 다니는 장면은 평범한 중년 신사가 산들바람이 부는 곳, 이를테면 세인트폴 대성당의 교회 묘지 같은 데를 어슬렁거리는 장면보다 나을 게 없을 것이다. 그것도 순전히 심약한 자기 아들을 놀래 주려고 말이다.

스크루지는 말리 영감의 이름을 절대로 지우지 않았다. 말리가 죽고 몇 해가 지났지만 그의 이름은 계속 커다란 상점 의 출입문 위에 그대로 걸려 있었다. 스크루지와 말리. 이 상점은 스크루지와 말리의 것으로 알려져 있었다. 그 업계에 처음 발을 들인 이들은 스크루지를 스크루지라고 부르기도 하고 말리라고 부르기도 했다. 스크루지는 두 가지의 호칭 모두에 대답을 했다. 그에게는 그 이름이 그 이름이었기 때문이다.

아! 하지만 스크루지는 죽도록 부려먹고 돈은 코딱지만큼 주는 사람이었으니! 쥐어짜고 비틀고 박박 긁고 꽉 움켜쥐며 남의 걸 넘보는 늙은 악당이었다. 그는 단단하고 뾰족한 부싯돌 같은 영감으로, 부싯돌은 부싯돌이되 그 어떤 훈훈한 불꽃 한 번 일으키지 못했을 것 같았다. 또한 굴처럼 자기 안에 갇혀 고독하게 지냈다. 내면의 한기 때문에 늙은 얼굴은 얼음장처럼 굳고 뾰족

코는 거칠어졌으며 볼은 쪼글쪼글 오그라들었고 발걸음은 뻣뻣했다. 눈은 시뻘겋게 충혈되고 얄팍한 입술은 새파랗게 질렸으며 귀에 거슬리는 목소리로 심술궂은 말을 거침없이 내뱉었다. 차가운 서리는 머리에도, 눈썹에도, 억센 턱에도 내렸다. 스크루지는 늘 냉랭한 기운을 풍기고 다녔다. 어찌나 냉랭한지 삼복더위에도 사무실은 싸늘했는데, 크리스마스가 되어서도 단 1도도 실내 온도를 올린 적이 없었다.

바깥이 덥거나 춥거나 스크루지는 개의치 않았다. 아무리 따뜻해도 스크루지가 더위를 느낀 적은 없었고 아무리 추워도 스크루지가 추위를 타는 법은 없었다. 스크루지보다 더욱 매서운 바람도 없었고, 스크루지보다 목표물을 열심히 때리는 눈도 없었으며 퍼붓는 빗줄기도 스크루지보다는 덜 매몰찼다. 그러나 폭우, 폭설, 우박, 진눈깨비가 스크루지에게 내세울 수 있는 게 딱 한 가지 있었으니, 눈이든 비든 종종 '후하게 뿌릴 때'가 있건만 스크루지는 죽었다 깨나도 그럴 리가 없다는 점이었다.

스크루지에게는 길을 가다 마주치면 반색을 하며 "스

크루지 자네 아닌가? 요즘 어찌 지내나? 언제 한 번 봐야지?"라는 말을 건네는 이도 없었다. 거지도 그에게는 한 푼만 달라며 구걸하는 법이 없었고, 아이들도 몇 시냐고 물은 적이 없었으며, 남자건 여자건 길을 묻는 사람도 여태껏 한 명도 없었다. 장님이 데리고 다니는 개조차 그를 알아보는 것 같았다. 근처에 스크루지가 보일라 치면 개들도 주인을 출입문 안으로, 마당 쪽으로 끌어당기고는 꼬리를 흔들었는데, 그 모습이 꼭 이렇게 말하는 것 같았다.

"못 볼 것을 보느니 아예 안 보이는 게 나아요, 앞 못 보는 주인님."

하지만 스크루지는 콧방귀도 뀌지 않았다! 오히려 그가 원하던 바였다. 북적거리는 인생길 가장자리를 따라 조심조심 옆으로 걸으며 혹여 인간다운 동정심이라도 들까 가급적 멀리하며 쫓아 보냈다. 세상 사람들은 그를 '미쳤다'고 했다.

한 해의 가장 즐거운 날인 크리스마스이브에, 스크루지 영감은 회계 사무실에 들어앉아 바쁘게 일을 하고 있었다. 살을 에는 듯 춥고 으스스한 데다가 안개까지 낀

날이었다. 바깥 골목에서는 사람들이 몸을 덥혀 보겠다고 입김을 여기저기 불어대고 가슴께에서 양손을 비비고 돌바닥에서 발을 동동 구르는 소리가 들렸다. 시계탑에 있는 시계가 이제 막 3시를 가리킨 참이었지만 주위는 꽤나 어두컴컴했다. 그날은 하루 종일 어둑어둑했다. 이웃한 사무실들에서는 초가 활활 타오르고 있었는데, 그 모습은 마치 손에 잡힐 듯한 갈색 대기* 위에 번진 불그레한 얼룩 같아 보였다. 안개는 틈이란 틈은 모조리 뚫고 갈 듯했고 열쇠 구멍도 그냥 지나치지 않고 비집고 들어갈 것처럼 아주 자욱하게 깔렸다. 스크루지의 사무실이 있는 골목은 일대에서 가장 좁은 골목이었는데도 바로 맞은편에 있는 집들이 한낱 환영처럼 보일 지경이었다. 우중충한 구름이 무겁게 깔려 그 아래 모든 것을 흐릿하게 만들었고 이 모습을 보게 된다면 누구든 대자연은 늘 우리 곁에 있으며 거대한 양의 구름을 만드는 것은 아닐까 생각이 들 정도였다.

스크루지는 자기 밑에서 일하는 서기를 감시하려고

* 요리를 하건 이동을 하건 석탄을 태워야 했기 때문에 당시 런던 대기는 갈색으로 변했으며 검은 먼지가 쌓여 있었다고 한다.

회계 사무실의 문을 열어두었다. 서기는 지금 저 너머 음침하고 코딱지만 한 공간에서 편지를 베껴 쓰고 있었다. 스크루지가 있는 곳의 불꽃도 아주 보잘 것 없이 작았지만, 서기가 있는 회계 사무실 난로의 불꽃은 그보다 훨씬 보잘 것 없어 마치 석탄 한 덩이를 쬐는 것 같았다. 하지만 석탄을 더 채울 수는 없었다. 석탄이 스크루지의 방에 있었기 때문이다. 서기가 삽을 들고 들어오면 사장인 스크루지가 이제 그를 해고할 때가 되었다고 얘기할 것이 불 보듯 분명했다. 그래서 서기는 흰색 털 목도리를 두르고 촛불 앞에서 몸을 데워보려 노력했다. 하지만 뛰어난 상상력을 갖지 못한 탓에 그의 노력은 수포로 돌아갔다.

"즐거운 크리스마스 보내세요, 삼촌! 축복 받으시길!"

활기찬 목소리가 들렸다. 목소리의 주인공은 스크루지의 조카였다. 어찌나 빨리 들어왔는지 그 인사를 듣고서야 스크루지는 조카가 왔다는 걸 알아차렸다.

"흥. 헛소릴랑 마라."

스크루지가 말했다.

안개와 서리를 뚫고 빨리 걷느라 열이 난 스크루지의

조카는 얼굴이 새빨갛게 물들어 있었다. 잘생기고 혈색 좋은 얼굴에 두 눈은 반짝반짝 빛이 나고 숨결에서는 김이 모락모락 났다.

"크리스마스가 헛소리라뇨, 스크루지 삼촌. 설마 진심은 아니시겠죠?"

스크루지의 조카가 말했다.

"진심이고말고. 즐거운 크리스마스라니! 네가 지금 즐거워할 주제냐? 즐거워할 이유나 있냐 말이야? 가난뱅이 주제에."

스크루지가 조카의 말에 대답했다.

"진정하세요, 삼촌. 그럼 삼촌은 왜 이렇게 처량하게 계신 거예요? 이렇게 뚱하게 있을 이유는 또 뭐고요? 삼촌은 누구보다 부자시잖아요."

스크루지의 조카가 쾌활하게 받아쳤다.

당장은 적당한 대꾸가 떠오르지 않았던 스크루지는 '흥!'하고 다시 한번 콧방귀를 뀌고는 '헛소리'라고 덧붙였다.

"화내지 마세요, 삼촌!"

"어떻게 화를 안 낼 수가 있냐? 요즘처럼 바보들만 득

시글거리는 세상에 살면서. 즐거운 크리스마스? 부끄러운 줄을 알아야지, 즐거운 크리스마스라니! 크리스마스라고 해 봐야 없는 살림에 나갈 돈만 많아지는 때 아니냐. 나이만 한 살 더 먹고, 그렇다고 한 시간 전보다 더 부자가 되는 것도 아니고. 장부 정리를 해보면 꼬박 열두 달 동안 적자만 나오는데. 내 뜻대로 할 수만 있다면 '메리 크리스마스!'라고 떠들고 다니는 멍청이들은 모조리 푸딩이랑 같이 삶은 다음에 심장에 말뚝을 박아서 묻어버리고 싶은 심정이다. 아무렴 그렇고말고!"

"삼촌!"

조카가 애원하듯 말했다.

"너는 네 방식대로 크리스마스를 보내렴, 난 내 방식대로 보낼 테니까."

스크루지가 단호히 대꾸했다.

"제 방식대로 보내라고요! 삼촌은 어떻게 보낼지 생각도 하지 않으시면서."

조카가 스크루지의 말을 받아쳤다.

"그럼 날 좀 내버려두려무나. 너나 실컷 크리스마스 덕이나 보라고! 지금껏 꽤 그 덕을 본 모양이다만."

"삼촌, 세상에는 돈벌이가 되는 건 아니지만 기쁜 일이 많아요. 크리스마스도 그런 일 중에 하나죠. 저는 매년 크리스마스를 신성한 명칭과 유래로부터 오는 경건한 마음가짐을 제외하고서라도, 이런 마음을 따로 말해도 될지 모르겠지만 모두가 친절하고 용서하고 남에게 베풀고 기쁘게 보내는 때라고 생각했어요. 제가 알기론 크리스마스가 일 년 열두 달 중에 남녀노소 모두 한 마음이 되어 굳게 닫힌 마음을 활짝 열고, 나보다 못한 사람들을 목적지가 다른 별종이 아니라 저승까지 함께 갈 동지로 여기는 유일한 때란 말이죠. 그러니까 삼촌, 크리스마스에 밥이 나오는 것도, 떡이 나오는 것도 아니지만 저는 즐거운 날이고 앞으로도 그럴 거라고 믿을 겁니다. 그래서 전 이렇게 말하죠, 크리스마스에 축복이 내리길!"

비좁은 공간에 틀어박혀 일을 하고 있던 서기가 저도 모르게 짝짝짝 박수를 쳤다. 곧바로 아차 싶었던 서기는 난롯불을 뒤적였고 남아있던 마지막 불씨를 꺼트려 버렸다.

"다시 한번 무슨 소리라도 냈다가는 두고 보라고. 크

리스마스에 실직자 신세를 만들어 줄 테니!"

서기에게 한마디 쏘아붙인 스크루지가 조카를 돌아보며 말을 이었다.

"아주 대단한 연설가 나셨군. 왜 국회의원에 출마는 안 하나 몰라."

"삼촌, 역정 내지 마시고 저희랑 내일 저녁 식사나 해요."

스크루지는 조카에게 꼭 보러가겠다고 했다. 그렇다, 정말로 그가 그렇게 말했다. 스크루지가 한 말은 궁지로 몰리는 조카의 모습을 보겠다는 말과 다르지 않았다.

"대체 왜요? 왜 이러시는 건데요?"

조카가 물었다.

"당최 결혼은 왜 한 게냐?"

"사랑하니까요."

"사랑이라니!"

스크루지는 '사랑'이라는 단어가 '메리 크리스마스!'라는 말보다 세상에서 제일 터무니없는 말이라도 된다는 듯 비아냥거렸다.

"어서 돌아가거라!"

"아뇨, 삼촌. 삼촌은 결혼 전에도 절 보러 오신 적이 없잖아요. 이제 와서 결혼을 핑계 삼아 저희 집에 오지 않는 이유가 뭔가요?"

"어서 가라고 했잖니."

"전 삼촌한테 아무것도 바라는 거 없어요. 여태까지 아무것도 부탁하지 않았잖아요. 그런데 어째서 저하고 가깝게 지낼 수 없다는 거예요?"

"당장 네 집으로 가봐라. 어서!"

"정말 안타깝네요, 그렇게 고집을 피우시다니. 제가 무슨 잘못을 해서 저랑 싸운 적이 있는 것도 아니잖아요. 하지만 전 삼촌과 함께 크리스마스를 기리려고 노력했어요. 저는 앞으로도 크리스마스의 정신을 끝까지 지킬 거예요. 그런 의미에서 삼촌, 메리 크리스마스!"

"돌아가라!"

"새해 복 많이 받으세요."

"어서 가!"

스크루지의 조카는 스크루지에게 끝까지 나쁜 말을 하지 않고 사무실을 떠났다. 사무실을 나서던 스크루지 조카는 현관문 앞에 멈춰 서서 서기에게 크리스마스 인사와 새해 인사를 건넸다. 몸은 추위로 차가웠지만 마음만은 스크루지보다 따뜻한 서기 역시 스크루지의 조카에게 상냥한 인사말을 건넸다.

"저기 얼빠진 놈이 하나 더 있군. 일주일에 15실링으로 처자식을 먹여 살려야 할 판에 메리 크리스마스라니. 내가 어디 정신병원으로 들어가든지 해야지."

두 사람의 말을 엿들은 스크루지가 중얼거렸다.

이 얼빠진 스크루지의 조카를 배웅하다가 서기는 두 명의 방문객을 사무실 안으로 맞았다. 풍채 좋은 호남형 신사 두 명이 모자를 벗어들고 스크루지의 사무실에 들어와 섰다. 책과 종이 뭉치를 든 채 두 사람은 스크루지에게 허리 숙여 인사를 했다.

"스크루지와 말리 씨 사무실이 맞지요? 지금 말씀 여쭙고 있는 분은 스크루지 씨인가요, 말리 씨인가요?"

두 신사 중 한 사람이 명단을 보면서 스크루지에게 물었다.

"말리는 7년 전에 죽었소. 그 사람 7년 전 바로 오늘 밤에 죽었지."

스크루지가 대답했다.

"그분의 후한 인심을 남은 동업자 분께서 이어가리라 믿어 의심치 않습니다."

처음에 말을 꺼냈던 신사가 신원 보증서를 스크루지에게 보이며 말했다.

스크루지와 말리는 찰떡궁합을 자랑했기에 그 신사의 말은 틀린 게 아니었다. '후한 인심'이라는 불길한 말에 스크루지는 얼굴을 찌푸리고 고개를 저으며 그의 신원 보증서를 돌려주었다.

"스크루지 선생님, 요즘 같은 연말연시처럼 가난하고 소외된 사람들에게 도움의 손길을 내밀기에 더없이 바람직한 때는 없습니다. 그분들은 지금 고통 속에 살고 있어요. 무수히 많은 분들이 생필품도 없이 지내고 있고 그보다 훨씬 많은 분들은 최소한의 편의도 못 누리고 계십니다."

신사가 펜을 집어 들며 말했다.

"감옥이 있을텐데요?"

스크루지가 말했다.

"감옥이야 많죠."

신사가 펜을 내려놓으며 말했다.

"구빈원은요? 요즘도 운영하지 않습니까?"

"운영하지요. 요즘도. 이제 구빈원 같은 건 필요 없다고 말할 수 있으면 얼마나 좋겠습니까만."

"그럼 쳇바퀴 형벌*과 구빈법도 잘 돌아가고 있겠네요?"

스크루지가 다시 물었다.

"둘 다 아주 바삐 돌아가고 있죠."

"아! 처음에 댁 얘기를 들었을 때는 무슨 큰일이 나서 그런 게 다 없어진 줄 알았지 뭐요. 잘 돌아가고 있다니 거 참 다행이군."

"저희는 선생님께서 언급했던 시설들이 그들의 몸과 마음을 기독교적인 정신으로 보살펴줄 수 없다고 생각합니다. 그래서 저희들 몇몇이 힘을 모아 기금을 마련해 가난한 이들에게 고기와 마실 것, 땔감을 사주려 합니다. 이 시기에 나서게 된 것은, 그 어느 때보다도 가난한 사람들은 가난이 더욱 뼈아프게 느껴지고 부유한 사람들은 자신의 풍요로움에 더욱 기쁨을 느끼는 시기이기 때문이죠. 선생님 성함은 어디다 적을까요?"

---

* 당시에는 형벌로 죄수들에게 물레방아처럼 생긴 바퀴를 밟아 돌리게 했다. 거기서 발생한 동력으로 곡식을 찧거나 물을 퍼올렸다.

"아무 데도 적지 마쇼!"

"익명을 원하십니까?"

"날 좀 가만히 내버려 뒀으면 좋겠소. 원하는 게 뭐냐고 물으니까 대답한 거요. 나는 크리스마스에 즐겁고 싶은 사람도 아니고 게을러빠진 사람들까지 즐겁게 해주고 싶지도 않아요. 아까 말한 시설에는 도움을 주고 있습니다. 그것만으로 돈이 많이 들어요. 가난하면 그런 데로 가면 되지 않소."

"그런 곳에 갈 수 없는 이들도 많습니다. 차라리 죽겠다는 사람들도 많고요."

"차라리 죽겠다면 그냥 죽으라지. 가뜩이나 인구도 많아 죽겠는데 잉여 인구도 줄겠구만. 게다가 미안하지만 난 모르는 일이오."

"선생님께서도 누구보다 잘 알고 계실 텐데요."

"나랑은 상관없는 일이오. 사람이 자기 일만 잘 알면 됐지 남의 일까지 간섭해서야 쓰나. 나는 내 일 때문에 노상 바쁘니 잘 가시오, 신사 양반들!"

스크루지를 설득하려고 해봐야 소용없다는 사실을 확실히 깨달은 두 사람은 물러났다. 스크루지는 우쭐해져서는 평소보다 더 유쾌하게 하던 일을 계속했다.

한편 안개와 어둠이 더욱 짙어져서 행인들은 활활 타오르는 횃불을 줄줄이 들고 마차를 끄는 말 앞에서 길을 밝혀주며 안내하느라 바쁘게 뛰어다녔다. 종이 있는 교회의 시계탑도 안개 때문에 보이지 않았다. 오래 되어 늘 탁한 소리를 내는 시계탑의 종은 고딕 양식 창을 통해 언제나 스크루지를 남몰래 내려다봤다. 그 시계탑의 종은 자욱한 안개 속에서 15분과 정각마다 뎅뎅 종을 울렸고 그런 후에는 작은 떨림이 남았는데, 마치 탑 위가 얼어 죽을 듯 추워 이가 덜덜 맞부딪치는 것 같았다. 추위는 더욱더 심해졌다. 시내의 중심가 골목 모퉁이에서 인부 몇몇이 가스관을 수리하느라 화롯불을 피워놓고 있었다. 누더기를 걸친 어른과 아이들이 불가 주변으로 모여들어 활활 타오르는 불 앞에서 기쁨에 겨운 표정으로 눈을 깜박이며 손을 녹였다. 덩그러니 방치된 소화전에서 넘쳐흐른 물은 느리게 얼어붙는 듯하더니 혐오스러운 모양의 얼음으로 변해버렸다. 상점의 유리창을 통해 켜놓은 등잔불이 새어나왔다. 불빛의 열기에 호랑가시나무 가지와 붉은 열매로 만든 크리스마스 장식은 타닥타닥 바스락거렸고 창백한 행인들의 얼굴은 발그레해졌다. 닭고기 가게와 식료품점에서 물건을 사고파는 일은 재미있는 축제가 되어버렸다. 화려한 가장행렬이 벌어지고 있는 것 같아 사고팔 때의 따분한 원칙이 존재한다고는 믿기 힘들 정도였다. 웅장한 관저에서 살고 있던 시장(市場) 나리는 오십 명이나 되는 요리사와 집사들에게 크리스마스를 보낼 때 관저에 지내는 식솔들에게 걸맞도록 모든 것을 준비하라고 명령했다. 뿐만 아니라 지난 월요일, 술에 취해 거리에서 난동을 부려 시장에게 벌금 5실링을 부과 받은 키 작은 재단사도, 비쩍 마른 아내가 아기를 데리고 신이 나서 소고기를 사러 나간 사이에 자신의 다락방에서 내일 먹을 푸딩을 휘저었다.

안개는 더욱 자욱해지고 날은 쌀쌀해졌다! 살을 에는 듯한 모질고 매서운 추위였다. 훌륭하신 성인 던스턴*이 익숙하게 사용했던 무기 대신 오늘 같은 날씨로 악

---

* 갑옷 제조자, 금세공인, 자물쇠 제조자 및 보석 공예가들의 성인으로 알려진 인물이다. 불에 달군 부젓가락으로 악마의 코를 재빨리 꼬집어 물리친 일화로 유명하다.

마의 코를 꼬집었더라도 원래의 목표를 거뜬히 달성했을 것이다. 개가 뼈다귀를 물어뜯은 듯, 굶주림과 추위가 코뼈를 물어뜯고 우물거려 콧대가 앙상해진 어린아이가 스크루지를 기쁘게 해주려고 몸을 숙여 열쇠 구멍에 대고 크리스마스 캐럴을 부르기 시작했다.

"하느님의 축복이 함께 하시길, 유쾌한 신사 아저씨! 그 어떤 것도 아저씨를 낙담시키지 못할 거예요!"

첫 소절을 듣자마자 스크루지는 온 힘을 다해 자를 집어 들었고, 노래를 부르던 아이는 겁에 질려 달아났다. 열쇠 구멍은 다시 스크루지와 잘 어울리는 서리와 안개의 차지가 되었다.

얼마 후, 회계 사무실의 문을 닫을 시간이 찾아왔다. 스크루지는 못마땅한 듯 의자에서 일어나 비좁은 골방에서 들뜬 표정을 짓고 있는 서기에게 말없이 퇴근 시간임을 알렸다. 그러자 서기는 곧바로 촛불을 끄고 모자를 썼다.

"내일은 하루 종일 쉬고 싶을 테지?"

"사장님께서 괜찮다고 하신다면요."

"괜찮진 않지. 온당치도 않고. 내가 자네한테 내일 하루 쉰다고 반 크라운을 주지 않으면 자네는 분명 착취를 당한다고 생각할 테지. 그러면 난 잡혀갈 테고."

서기가 희미하게 미소를 지었다.

"자네는 아무 일도 안했는데 내가 하루치 임금을 다 주면 도리어 내가 착취당한다는 생각은 안 하겠지."

서기는 그런 날은 일 년에 고작 하루라고 항변했다.

"매년 12월 25일마다 남의 주머니를 터는 변명거리 치고는 궁색하기 짝이 없군! 그래도 자네는 내일 하루를 통째로 쉬고 싶겠지. 그럼 모레 아침엔 평소보다 일찍 나오도록 해."

스크루지가 롱코트의 단추를 턱 밑까지 채우며 말했다.

서기가 그의 말에 따르겠다고 약속하자 스크루지는 투덜거리며 사무실을 나섰다. 사무실 문이 눈 깜짝할 사이에 닫혔고 서기는 기다란 흰색 털목도리 끝자락을 허리 아래로 늘어뜨린 채(롱코트가 없다고 온 동네에 알리려는 듯) 크리스마스이브를 기념해 아이들 뒤에 줄을 서서 콘힐 비탈길을 스무 번이나 미끄럼을 타고 내려갔다. 그러고는 장님 놀이를 하려고 서둘러 캠던 타운에 있는 집까지 젖 먹던 힘을 다해 달려갔다.

스크루지는 우울한 저녁 식사를 평소처럼 우울하게 선술집에서 먹었다. 신문이란 신문은 모조리 읽은 터라, 스크루지는 저녁에 은행 장부를 읽으며 시간을 때우고 잠을 청하려고 집으로 갔다. 스크루지는 지금은 고인이 된 동업자 말리가 주인이었던 독신자용 아파트에서 살고 있었다. 우중충한 방이 층층이 쌓여 위협적인 자세로 버티고 서 있는 아파트 주변에는 인적이 드물었다. 아파트는 지어진 지 얼마 안 됐을 때 다른 집들과 숨바꼭질을 하다가 그곳으로 숨은 뒤 다시 나가는 걸 잊은 듯한 모습이었다. 이제는 낡을 대로 낡은 데다 을씨년스럽기까지 했다. 그도 그럴 것이 스크루지밖에 주민이 없어 나머지 방은 전부 사무실로 세를 준 상태였다. 마당은 너무 어두워서 돌 하나하나의 위치까지 전부 알고 있는 스크루지조차 더듬거리며 길을 찾아야 했다. 낡고 시커먼 출입문에는 여기저기 안개와 서리가 서려 있어 마치 날씨의 신이 문턱에 앉아 우울한 명상에 잠겨 있는 듯했다.

부정할 수 없는 사실이 하나 있는데, 그 문에 달린 노커*에는 크기가 아주 크다는 점을 빼면 특별하다고 할 만한 구석이 전혀 없었다. 또 한 가지 사실은 스크루지가 밤이나 낮이나 거기 사는 동안 줄곧 그 노커를 보아 왔다는 점이다. 그뿐인가! 스크루지는 런던 시내 그 누구보다도 공상과는 거리가 먼 사람이었다. 심지어 시의회, 부시장, 관리들보다도 상상력이 부족했다. 또 하나 짚고 넘어 가야 할 점은 스크루지가 그날 오후 동업자가 7년 전에 죽었다는 말을 하기 전까지 말리에 대한 생각을 단 한 번도 한 적이 없었다는 점이다. 그러니 누가 속 시원히 설명할 수 있으면 좀 해주시길. 스크루지가 열쇠를 자물쇠에 꽂은 순간 도대체 어떻게 노커에서, 변화의 과정도 거치지 않고, 노커가 아니라 말리의 얼굴이 보일 수 있었는지.

분명 말리의 얼굴이었다. 그것은 어둑한 그림자 속에 묻혀 분간하기 어려운 마당의 물건들과 다르게 어두컴컴함 속에서 썩은 바닷가재처럼 푸르스름한 빛을 뿜고 있었다.** 그 형상은 화가 나 있거나 사나운 표정은 아니었지만, 생전의 말리가 지었을 법한 표정으로 스크루지

---

* 문을 두드리라고 달아놓은 문에 달린 쇠를 말한다.

** 썩은 가재는 인광을 뿜는다고 한다.

를 보고 있었다. 유령 같은 안경이 유령 같은 이마에 걸쳐져 있었다. 머리카락은 입김이나 뜨거운 바람을 맞고 있는 듯 이상하게 흩날리고 있었다. 두 눈을 부릅뜬 상태에서 눈동자는 조금도 움직이지 않았다. 시체처럼 검푸른 낯빛 때문에 섬뜩했지만, 그 공포스러운 표정은 얼굴에서 풍기는 악의를 스스로도 조절할 수 없는 데서 오는 것 같았다.

스크루지가 이 환영을 뚫어져라 바라보는 사이 환영은 다시 노커로 변해 있었다.

스크루지가 전혀 놀라지 않았다거나 머리털 나고 처음 겪은 끔찍한 경험에 무덤덤했다고 한다면 거짓일 것이다. 하지만 그는 놓았던 열쇠를 다시 쥔 다음 힘차게 돌려 문을 열고 들어가 촛불을 켰다.

스크루지는 문을 닫기 전에 잠시 마음이 흔들려 주춤했다. 그는 돼지꼬리 같은 말리의 머리채가 현관으로 툭 튀어나와 있지는 않을까 반신반의하면서 등 뒤를 조심스레 돌아보았다. 하지만 문 뒤에는 노커를 고정시켜 놓은 나사 말고는 아무것도 없었다. 그제야 스크루지는 "흥!"하고 한마디 내뱉고는 쾅하고 문을 닫았다.

문을 닫는 소리가 천둥소리처럼 온 집 안에 울려 퍼졌다. 위층과 아래층에 있는 포도주 무역상인의 저장고에 있는 술통들이 그 울림을 제각각 크나큰 메아리로 받아치는 것 같았다. 하지만 스크루지는 고작 메아리에 겁을 먹는 사람이 아니었다. 그는 문을 단단히 잠그고 현관을 가로질러 위층으로 올라갔다. 촛불이 꺼지지 않도록 초를 다듬으면서 천천히 조심스럽게 걸었다.

사람들은 흔히 한 줄로 이어진 계단을 새로 만들어진 허술한 법령처럼 육두마차가 가볍게 통과할 수 있을 거라고 터무니없이 말하곤 한다. 정확히 말하자면 스크루지의 집 계단참은 영구 마차를 한 대 들여놓아도 될 만큼 널찍했다. 말을 매는 마차의 앞부분의 가로대 쪽을 벽으로 향하게 하고, 관을 내리는 마차의 뒤쪽 문을 계단 난간을 향하게 해도 너끈히 들어갈 만큼 복도가 넓다는 뜻이다. 그 정도로 스크루지가 올라가고 있던 계단의 복도는 널찍하고 공간도 충분했다. 그만큼 넓은 공간이었기에 스크루지는 어둠 속에서 자기 앞으로 소리 없이 영구 마차가 다가오고 있다고 생각했던 것이다. 바깥 거리에서 가스등 여섯 개를 가져와도 그곳을 환하게 밝히기에는 매우 부족했다. 그러니 스크루지가 쓰는 싸구려 초*로 얼마나 그곳을 밝힐 수 없었는지 짐작할 수 있을 것이다.

스크루지는 조금도 개의치 않고 계단 위로 올라갔다. 어둡게 살면 돈이 덜 들어서 좋았다. 하지만 육중한 침실 문을 닫기 전에 방마다 돌아다니며 아무 일이 없는지 살펴야 했다. 말리의 얼굴을 다시 본 것만으로도 이미 충분한 터라 두 번은 그런 일을 겪고 싶지 않아 이상이 없는지 점검을 계속했다.

스크루지는 응접실도, 침실도, 잡동사니를 넣어두는 방도 살펴보았다. 모두 아무 이상이 없었다. 탁자 밑에도, 소파 밑에도 아무도 없었다. 벽난로에서는 작은 불꽃이 타고 있었고 숟가락과 대야도 언제든 이용할 수 있게 준비되어 있었다. 난로에 달린 시렁 위에는 코감기에 걸린 스크루지가 따뜻하게 먹을 수 있도록 귀리죽을 담아놓은 작은 냄비가 있었다. 침대 밑도 살피고 붙박이장 안도 살폈지만 아무도 없었다. 마지막으로 수상쩍은 모

---

* 심지를 수지나 밀랍에 몇 번이고 담궈 만든 초를 뜻한다. 밀랍초보다 조금 저렴했다.

양새로 벽에 걸려 있던 실내복 속도 살폈지만 아무도 없었다. 잡동사니를 넣어두는 방도 평상시와 다를 바가 없었다. 오래 된 난로 앞 철망도, 낡은 구두도, 어롱 두 개도, 다리 셋 달린 세면대도, 부지깽이도 그대로였다.

한결 마음이 놓인 스크루지는 문을 닫고 안에서 잠근 다음 다시 한번 문단속을 단단히 했다. 평소답지 않은 행동이었다. 이제 기습을 당할 일은 없겠다고 생각한 스크루지는 넥타이를 풀고 실내복을 입고 실내화를 신은 다음 취침용 모자까지 쓰고서 귀리죽을 먹으려고 벽난로 앞에 앉았다.

실로 다 꺼져갈 듯한 불길이었다. 그처럼 혹독한 밤에는 있으나 마나할 정도의 불길이었다. 최소한의 온기라도 쬐려면 벽난로에 바짝 다가앉아 몸을 잔뜩 웅크려야 했다. 벽난로는 오래전 어떤 네덜란드 출신 상인이 만든 진기한 네덜란드 타일이 온통 붙어 있었는데, 타일 조각이 모여 성서의 내용을 이루고 있었다. 타일에는 카인과 아벨, 파라오의 딸들, 시바 여왕, 깃털 같은 구름을 타고 하늘에서 내려오는 천사들, 아브라함, 벨사

살,* 허술한 배를 타고 바다로 나가는 열두 명의 사도가 표현되어 있었다. 하지만 7년 전에 죽은 말리의 얼굴이 고대 선지자의 장대처럼 스크루지의 앞에 나타나 성서의 이야기들을 모조리 삼켜버렸다. 애초부터 매끈한 타일 하나하나에 아무런 그림이 없었고 스크루지의 머릿속에 어지러이 떠오른 이런저런 생각의 단편을 타일 위에 그림으로 그려내는 능력이 있었다면, 타일은 온통 늙은 말리의 얼굴로 도배가 되었으리라.

"말도 안 돼!"

스크루지는 방 안을 서성였다.

몇 차례 이 끝에서 저 끝을 오간 후, 그는 다시 불길 옆에 앉았다. 의자에 머리를 기대고 앉아 있는데 무심코 그의 눈길이 종(鐘)에 머물렀다. 그 종은 이제는 쓰지 않는 것이었는데 오래전부터 방 안에 매달려 있었다. 과거에 건물 맨 꼭대기 층에 있는 방과 연락을 주고받으려고 달아놓은 것이었다. 그때 너무나 놀랍게도 기이하고 불가해한 일이 일어났다. 스크루지가 보고 있

* 바벨론의 마지막 왕을 말한다.

던 그 오래된 종이 흔들리기 시작했던 것이다. 처음에는 가볍게 흔들리는 정도여서 소리가 거의 나지 않았는데, 얼마 가지 않아 쩌렁쩌렁 시끄럽게 울리더니 집 안의 모든 종들이 일제히 따라 울리기 시작했다.

한 30초나 1분쯤 울렸을까? 스크루지에게는 그 시간이 한 시간처럼 길게 느껴졌다. 시작과 마찬가지로 종소리는 일제히 그쳤다. 그러더니 곧이어 저 아래 깊은 곳에서 철커덕거리는 소리가 들려왔다. 마치 누군가가 무거운 쇠사슬을 포도주 무역상의 저장고에 보관해 놓은 술통 위로 질질 끌고 있는 것 같았다. 그때 흉가에 출몰하는 유령은 쇠사슬을 질질 끌고 다닌다는 누군가의 말이 스크루지의 머릿속에 떠올랐다.

저장고의 문이 굉음과 함께 홱 열리는 것 같더니 쇠사슬 소리가 아래층에서 더욱 크게 들렸다. 그 소리는 계단을 올라 곧장 스크루지가 있는 침실 문으로 다가오는 것 같았다.

"환청일 거야! 믿을 수 없어."

스크루지가 혼잣말로 중얼거렸다.

그렇지만 그것이 잠시도 쉬지 않고 움직여 육중한 문

을 뚫고 방 안에 들어와 눈앞에 나타났을 때 스크루지의 안색은 변하고 말았다. 그것은이 들어오자마자 죽어가던 불꽃이 "난 저 사람을 알아, 말리의 유령이야!"라고 외치는 것처럼 확 살았다가 다시 사그라들었다.

바로 그 얼굴이었다. 조금도 달라지지 않은 바로 그 얼굴. 돼지꼬리 같은 머리채에 늘 입던 조끼와 딱 달라붙는 바지에 부츠를 신은 말리였다. 부츠에도 돼지꼬리같이 빳빳한 술이 달려 있었고 코트 자락이며 머리털까지 그 모습 그대로였다. 말리가 끌고 다니는 쇠사슬은 허리께에 칭칭 휘감겨 있었다. 기다란 쇠사슬이 마치 꼬리처럼 말리의 몸을 빙빙 둘러 감고 있었다. 스크루지가 자세히 살펴보니 쇠사슬에는 돈궤, 열쇠, 맹꽁이자물쇠, 금전출납부, 각종 증서, 묵직하게 돈이 든 가방 등이 강철로 얽혀 있었다. 말리의 몸이 투명했기 때문에 조끼 뒤에 달린 단추 두 개까지 훤히 보였다.

스크루지는 사람들이 종종 말리를 가리켜 '장기도 없는 매정한 인간이라'고 하는 말을 들었는데, 지금까지는 한 번도 그들의 말을 믿어본 적이 없었다. 아니, 지금도 믿을 수 없긴 마찬가지였다. 말리의 유령을 바로 눈

Marley's Ghost.

말리의 유령

London, Chapman & Hall, 186, Strand.

앞에서 똑똑히 보고 있으면서도, 죽음의 냉기가 서린 말리의 눈에서 오싹한 기운이 느껴지는데도, 생전엔 알아차리지 못했지만 지금은 말리의 머리와 턱을 감고 있는 포개 접은 스카프의 결까지 생생히 보았으면서도, 여전히 그 사실을 믿을 수가 없어 오감을 부정하려 들었다.

"어쩌자는 거지? 나한테 원하는 게 뭐야?"

스크루지가 그 어느 때보다 모질고 쌀쌀맞게 따져 물었다.

"볼 일이야 많지!"

그 목소리는 말리의 것이었다. 틀림없었다.

"넌 누구야?"

"누구였었냐고 물어야지."

"좋아, 누구였는데? 깐깐하구만, 유령 치고는."

스크루지가 목소리를 높였다. 스크루지는 '유령 주제에'라고 말하려다 좀 더 얌전한 말로 바꿔 말했다.

"이승에서는 자네 동업자였지, 제이콥 말리라고."

"저기 말야, 좀 앉을 수 있겠나?"

스크루지가 못 미더운 눈빛으로 유령을 바라보며 말

했다.

"물론이지."

"그렇다면 여기 앉아 보게나."

스크루지가 앉을 수 있냐고 물었던 이유는 그토록 투명한 형태의 유령이 의자에 앉을 수 있을지 정말 모르기 때문이기도 했지만, 만약 의자에 앉지 못한다고 하면 유령이 당혹스러운 상황을 어떻게 설명할까 지켜보고 싶은 마음도 있었기 때문이었다. 하지만 유령은 벽난로 맞은편 의자에 마치 전부터 곧잘 그렇게 앉았던 양 익숙한 모습으로 자리를 잡고 앉았다.

"자네는 내 존재를 믿지 않는군."

유령이 입을 열었다.

"그렇다네."

"직접 보고 들었으면서 또 어떤 증거가 있어야 내가 진짜라는 걸 믿을 텐가?"

"글쎄."

"어째서 자네의 감각을 의심하는 겐가?"

"왜냐, 감각이란 아주 사소한 것에도 영향을 받기 때문이지. 속이 조금만 불편해져도 감각은 거짓말을 하거든. 자네는 미처 소화시키지 못한 소고기 한 조각일 수도 있고, 겨자 소스일 수도 있고, 치즈 부스러기일 수도 있고, 설익은 감자 쪼가리일 수도 있어. 자네가 뭔지는 모르겠지만, 고기도 못 먹고 죽은 귀신인 것 같군 그래!"

스크루지는 우스갯소리를 즐기는 유형이 아니었고 이런 상황에서 농담을 주고받을 기분은 더더욱 아니었다. 사실 말장난을 한 이유는 유령의 목소리가 골수에 사무치게 무서운 나머지 정신을 다른 데로 돌려 두려운 마음을 억누르기 위함이었다.

그 자리에 앉아 자신만 뚫어져라 바라보는 흐리멍덩한 말리의 눈을 빤히 쳐다보면서 말없이 있으려니 스크루지는 돌아버릴 것만 같았다. 게다가 말리의 유령이 풍기는 지옥의 분위기 또한 무시무시했다. 정작 스크루지는 눈치 채지 못하고 있었지만, 유령의 모습은 누가 봐도 지옥에서 온 사자(使者)였다. 왜냐하면 유령은 미동도 없이 가만히 앉아 있는데 머리카락이나 옷자락, 신발에 달린 술 장식은 마치 화덕에서 나오는 뜨거운 증기라도 쐬는 듯 나풀나풀 흩날리고 있었기 때문이다.

"자네 이 이쑤시개가 보이나?"

방금 전에 언급했던 이유들 때문에, 스크루지는 마치 할당된 임무를 수행하듯 다시 유령에게 질문 공세를 퍼부었다. 잠깐만이라도 유령의 기분 나쁜 시선을 자신에게서 다른 데로 돌릴 수 있기를 바라는 마음에서였다.

"보이네."

유령이 대답했다.

"자네는 지금 이쑤시개 쪽을 보고 있지도 않는데."

"그래도 보이네. 어느 쪽을 보건."

"그렇군! 그런데 내가 자네 말을 믿었다가는 남은 평생 내가 만들어 낸 허깨비 떼한테 시달리겠지. 이건 믿을 수 없다네. 모두 속임수야."

스크루지의 말에 유령이 끔찍한 비명을 지르며 쇠사슬을 흔들어 댔고 곧이어 처량하고 소름끼치는 소리가 났다. 스크루지는 정신을 놓지 않으려 의자를 꼭 붙들고 있었다. 그러나 그 정도는 두려운 축에 속하는 것도 아니었다. 유령이 방 안이 너무 더워서 참을 수 없다는 듯 얼굴에 둘렀던 붕대 같은 스카프를 풀었고 그때 유령의 아래턱이 툭하고 가슴팍으로 떨어지고 말았던 것이다!

스크루지는 털썩 무릎을 꿇은 다음 얼굴 앞으로 두 손을 뻗어 맞잡았다.

"자비를 베푸소서! 무시무시한 유령이시여, 어째서 저를 이토록 괴롭히시나이까?"

"이런 속물 같으니라고! 내 존재를 믿느냐 안 믿느냐?"

"믿사옵니다. 암요, 믿고말고요. 하지만 어떤 연유로 이승에 나타나시어 제게 오신 것인지요?"

"모름지기 인간은 생전에 누구나 제 안의 영혼을 자신과 같은 인간들 사이로 풀어놓아 여기저기 돌아다니게 해야 하는 법이네. 만약 살아 있는 동안 영혼이 멀리 나아가지 못하면 사후에 떠돌아다니도록 저주를 받게 되지. 이승에서 누릴 수 있었던 행복을 이제 이리저리 헤매면서 보기만 해야 하다니! 아! 슬프도다."

다시 한번 유령은 비명을 지르며 쇠사슬을 흔들더니 그림자 같은 손을 꼭 쥔 채 부들부들 떨었다.

"그런데 쇠사슬은 왜 차고 있는 건가요?"

벌벌 떨고 있던 스크루지가 물었다.

"내가 살면서 만들었던 쇠사슬을 차고 있는 거지. 한 고리, 한 고리 쌓이다 보니 나날이 길어졌더군. 내가 자진해서 맨 거라네, 순전히 내 뜻에 따라 두른 거지. 이상해 보이는가?"

스크루지의 몸은 점점 더 떨리기만 했다.

유령이 말을 이어 나갔다.

"자네가 자네 몸에 두르게 될 튼튼한 쇠사슬이 얼마나 무겁고 길지 알고 싶지 않은가? 자네의 것 역시 7년 전 크리스마스 때부터 이렇게 무겁고 길었다네. 자네는 그 이후에도 쇠사슬을 열심히 만들었으니 정말 어마어마하게 무거워졌겠군."

스크루지는 자신이 무릎 꿇고 있던 바닥 주변을 돌아보았다. 길이가 100미터는 족히 넘을 쇠사슬이 자신의 몸에 칭칭 감겨 있을 줄 알았건만 아무것도 보이지 않았다.

"제이콥! 제이콥 말리, 더 자세히 좀 알려주게. 위로가 될 만한 얘기를 좀 들려주게나."

스크루지가 애원했다. 유령이 그의 말에 대답했다.

"위로가 될 만한 얘기는 없네. 위로는 다른 데서 알아보게나, 에브니저 스크루지. 위로는 나 말고 다른 사자가 자네와는 다른 부류에게 전하는 걸세.* 내가 자네한테 하고 싶은 말이 있지만 그 말도 해 줄 수가 없어. 내게 허락된 건 별로 없지. 나는 그 어디에서든 쉬어서도 안 되고, 머물러서도 안 되고, 꾸물거려서도 안 된다네. 내 영혼은 우리 회계 사무실 너머로 나아간 적이 한 번도 없었지. 날 보라고! 생전에 내 영혼이 좁아터진 우리의 금전 거래소를 벗어난 적이 한 번도 없었기 때문에 이제 내 앞에 끝없는 방랑만이 기다리고 있는 거라네!"

스크루지에게는 생각에 잠길 때마다 손을 바지 주머니에 넣는 버릇이 있었다. 방금 유령이 해준 얘기를 듣고 스크루지는 곰곰이 생각을 하면서 위를 올려다보거나 꿇은 무릎을 펴지도 않은 채 자기도 모르게 손을 주머니에 넣었다.

"거기까지 알아내는 데 참 오래도 걸렸군 그래, 제이콥."

스크루지가 딱딱하지만 겸손하고 공손한 투로 말했다.

"오래도 걸렸지!"

유령이 그의 말을 되뇌었다.

---

* 말리의 영혼이 지옥에 떨어졌기 때문에 그리스도나 천국을 입에 담을 수 없었음을 뜻하는 문장이다.

"꼬박 7년이 걸렸지 않나. 그 세월 내내 떠돌아다녔다니!"

스크루지가 혼잣말을 했다.

"그동안 나에겐 휴식도 평화도 없었다네. 자책감에 끊임없이 괴로웠지."

"다닐 때는 빠르게 다녔겠지?"

"바람을 타고 다녔지."

"7년 동안 지나온 지역이 꽤 되겠어."

이 말을 듣자마자 유령은 또 다시 비명을 지르기 시작하더니 쥐 죽은 듯 고요한 밤에 쇠사슬을 철커덕거렸다. 그 소리가 어찌나 시끄럽고 끔찍하던지 온 동네가 들고 일어나 소란을 일으킨 죄로 유령을 기소한다고 해도 할 말이 없을 지경이었다.

"아! 꼼짝없이 갇히고 묶여 쇠사슬에 겹겹이 매인 내 신세여. 꿈에도 몰랐지, 저주를 받아 끝도 알 수 없는 세월 동안 죽도록 노력해야 한다는 것을, 죽지도 못한 채 떠돌면서 이승의 시간으로는 영겁과도 같은 세월 동안 살아생전 베풀 수 있었던 선행을 모조리 베풀어야 한다는 것을 말이야. 선의를 품고 무엇이 되었건 제 본분을 다하려 열심히 노력하는 기독교인이라면 누구든 그 어마어마한 사명을 다하기에는 이승에서의 삶이 너무나 짧다는 것을 말이야. 아무리 후회한들 한 번 망쳐버린 삶의 기회를 돌이킬 수는 없다는 걸 몰랐어. 그렇게 산 건 바로 나였어! 아아! 그게 나였다니!"

"하지만 자네는 언제나 훌륭한 사업가였잖나, 제이콥."

스크루지가 자신 없는 목소리로 더듬더듬 말했다. 자신 역시 훌륭한 사업가였다는 생각을 하면서. 그러자 유령이 다시 양손을 움켜쥐며 울부짖듯 말했다.

"훌륭한 사업이라고! 살아있을 때 사람들을 위한 사업을 했어야 했어. 모두가 잘 살 수 있는 사업을 했어야 했다고. 자선과 자비, 선행과 관용을 베푸는 걸 업으로 삼아야 했어. 내가 했던 장사는 내가 해야 했던 사업에 비하면 망망대해에 떨어진 물 한 방울이었지!"

유령은 돌이킬 수 없는 슬픔의 원흉이라도 된다는 듯 팔을 높이 뻗어 쇠사슬을 들어 올렸다가 다시금 땅바닥에 세차게 내동댕이쳤다.

"매년 이맘때가 되면 가장 괴롭다네. 살아있을 때는 왜 사람들 틈에 섞여 걸으면서도 땅바닥만 쳐다보고 고개를 들어 동방박사를 가난한 자의 거처로 이끌어줬던 성스러운 별을 바라보지 않았던가! 그 별빛이 나를 이끌어줄 가난한 집이 없었단 말인가!"

스크루지는 유령이 이렇게 끝도 없이 한탄하는 것을 듣고 크게 놀라 와들와들 떨었다.

"내 말을 잘 듣게! 남은 시간이 얼마 없으니."

유령이 말했다.

"알겠네. 하지만 내게 너무 냉정하게 대하진 말게. 너무 돌려서 말하지도 말고, 제이콥! 내 이렇게 빌겠네."

스크루지가 말했다.

"어쩌다 내가 자네 눈에도 보이는 형상으로 나타난 건지는 말해줄 수 없네. 무수히 많은 날 동안 보이지는 않았겠지만 나는 자네 곁에 앉아 있었다네."

그다지 기분 좋은 말은 아니었다. 섬뜩함에 온몸을 떨던 스크루지는 이마의 땀을 닦았다. 유령이 이어 말했다.

"자네 곁에 머물렀던 건 내가 속죄해야 할 일 중 결코 가벼운 일은 아니었다네. 오늘 밤 내가 여기 온 건 자네에게 지금 내가 처한 운명을 비껴갈 기회와 희망이 아직 있다는 사실을 알려주기 위해서야. 내가 자네에게 줄 수 있는 기회와 희망 말일세, 에브니저."

"자넨 내게 늘 좋은 친구였지. 고맙네!"

스크루지가 유령의 말에 대답했다.

"자네에게 세 유령이 찾아올 걸세."

유령이 이 말을 마치자 스크루지의 안색이 눈에 띄게 어두워졌다.

"그게 자네가 말한 기회와 희망인가, 제이콥?"

스크루지가 떨리는 목소리로 물었다.

"그렇다네."

"그…… 그렇다면 차라리 그 기회를 사양하겠네."

"그들을 만나지 않으면 자네는 내 전철을 피할 수 없다네. 내일 밤, 종이 한 번 울리고 나서 첫 번째 유령이 오는 줄 알고 있게."

"한꺼번에 다 만나고 끝내면 안 되는 건가, 제이콥?"

스크루지가 조심스레 물었다.

"다음 날 똑같은 시간에 두 번째 유령이 나타날 걸세. 세 번째 유령은 12시를 알리는 종소리가 울린 뒤, 떨림이 멈추고 나면 나타날 거야. 더 이상 날 볼 일은 없을 걸세. 명심하게, 자네를 위해서라도 지금 우리 사이에 일어난 일을 잊어선 안 된다는 걸."

말을 마치자 유령은 탁자 위에 있던 스카프를 다시 가져다가 얼굴 주변을 휘감았다. 스크루지는 유령의 이가 딱 맞부딪는 소리를 듣고 유령의 양턱이 다시 맞물려졌다는 걸 알아차렸다. 스크루지가 용기를 내어 다시 고개를 들어보니, 초자연적인 방문객이 꼿꼿이 서서 쇠사슬을 팔 위에 이리저리 칭칭 두르고 그를 쳐다보고 있었다.

유령은 뒷걸음으로 스크루지에게서 물러났다. 한 걸음, 한 걸음 내딛을 때마다 창문이 조금씩 저절로 올라가더니 유령이 창가에 다다르자 활짝 열렸다. 유령이 가까이 오라고 손짓을 하자 스크루지는 그 말에 따랐다. 두 사람이 두 발짝 떨어진 거리에 마주 섰을 때, 말리의 유령이 한 손을 쳐들더니 스크루지에게 더 이상 가까이 다가오지 말라고 신호했다. 스크루지는 멈춰 섰다. 유령이 시켜서라기보다 스크루지 스스로가 이 상황에 깜짝 놀란 데다 두려운 마음도 들었기 때문이었다. 유령이 손을 든 순간, 허공에서 혼란스러운 소리가 들려왔다. 한탄과 회한, 구슬프게 스스로를 자책하는 듯 흐느끼는 소리가 한데 뒤섞여 있었다. 유령은 한동안 귀를 기울여 듣더니 비통한 장송곡을 따라 부르며 붕 떠올라 음산하고 암울한 밤하늘로 날아갔다.

스크루지는 너무나 궁금한 나머지 창가에 서서 밖을 내다보았다.

허공은 안절부절 못하고 이리저리 우왕좌왕하면서 슬피 울고 있는 유령들로 붐볐다. 유령들은 모두 하나같이 말리의 유령처럼 쇠사슬을 두르고 있었다. 서로 쇠사슬이 연결되어 있는 유령도 몇몇 있었는데 그들은 죄를 지은 정부 관리들 같았다. 몸이 자유로운 유령은 하나도 없었다. 허공에 떠도는 유령 중 생전에 스크루지와 친분이 있던 이들도 많이 보였다. 그중에서 흰색 조끼를 입고 있는 늙은 유령이 특히 낯익었다. 그 유령은 발목에 무시무시하게 큰 강철 금고를 단 채, 자기 발 아래 문간 계단에서 젖먹이를 데리고 있는 가련한 여인을 돕지 못해 애처롭게 울고 있었다. 이 유령들이 괴로워하는 이유는 인간사에 끼어들어 도움을 주고 싶은데 그럴 능력을 영영 잃어버린 데 있는 게 분명했다.

스크루지는 이 혼령들이 희미해져 안개가 되었는지 안개가 이들을 집어삼킨 건지 알 수 없었다. 하지만 유령과 그들이 울부짖던 소리는 함께 사라졌고 다시 밤은 집에 돌아왔을 때처럼 고요해졌다.

스크루지는 창문을 닫고 유령이 들어왔던 문 쪽을 자세히 살펴보았다. 자기 손으로 직접 잠갔을 때처럼 이중으로 자물쇠가 채워져 있었고 빗장에 누군가 손을 댄 흔적도 없었다. 그는 "헛것을 본 거야!"라고 혼잣말을 하려다 첫 음절에서 말을 멈췄다. 방금 겪은 감정들 때문인지, 하루 종일 피곤했기 때문인지, 영혼들의 세계를 접했기 때문인지, 유령과 나눈 우울한 대화 때문인지, 너무 늦게까지 깨어 있어서인지, 스크루지는 쉬고 싶은 마음이 간절해졌다. 그는 곧장 침대로 갔고 눕자마자 곯아떨어졌다.

2부
세 유령 중 첫 번째 유령

스크루지가 잠에서 깨어 이불 밖으로 고개를 내밀었을 때는 방 안이 너무 어두워서 투명한 유리창과 불투명한 벽도 분간이 되지 않았다. 실눈을 뜨고 어둠 속을 뚫어지게 쳐다보고 있었는데, 그때 근처 교회의 종이 네 번째 15분을 알렸다. 스크루지는 종소리에 귀를 기울였다.

그런데 그때 깜짝 놀랄 만한 일이 벌어졌다. 묵직한 종이 여섯 번, 일곱 번, 여덟 번, 규칙적으로 계속 울리더니 급기야 열두 번을 치고는 뚝 그쳤다. 12시라니! 잠자리에 들었을 때가 2시도 넘은 시간이었는데. 교회 시계가 고장 난 게 틀림없었다. 고드름이 톱니바퀴 안에 들어가 시계를 망가트린 게 분명했다. 12시라니!

스크루지는 황당하기 짝이 없는 시보가 맞는지 확인하려고 리피터 회중시계*의 버튼을 눌렀다. 빠르고 가녀린 진동이 열두 번 울리더니 멈췄다.

"세상에, 말도 안 돼! 내가 이틀 밤낮을 잤단 말이야? 태양이 어떻게 된 게 아니라면 지금 시간이 낮 12시란 얘긴데."

갑자기 불안해진 스크루지는 침대에서 후다닥 튀어나와 더듬거리며 창가 쪽으로 갔다. 창밖을 내다보려면 실내복 소매로 유리창에 서린 성에를 문질러 닦아야 했다. 보이는 것은 별로 없었다. 다만 안개가 짙게 깔려 있으며 여전히 혹독한 추위가 이어지고 있다는 것만 간신히 알아볼 수 있었다. 또한 환한 낮이 밤을 물리치고 세상을 손아귀에 넣었다면 사람들이 이리저리 뛰어다니며 소란을 피워 분명 시끄러웠을 텐데 그렇지가 않았다. 스크루지는 그제야 마음이 놓였다. 낮이 오지 않는다면 '이 환어음의 제1어음은 3일후 에브니저 스크루지

---

* 사용자가 옆에 있는 버튼을 누르면 종소리가 반복되면서 바로 이전 시간을 알려주는 회중시계를 말한다.

씨의 지시에 따라 스크루지 씨 본인과 그가 지정한 사람에게 지급함'이라 쓰여 있는 환어음이 미국 은행권처럼 한낱 종이쪼가리가 되고 말 것이기 때문이다.*

스크루지는 다시 잠자리에 들어 생각에 생각을 거듭해보았지만 도무지 이해가 가지 않았다. 생각할수록 오히려 혼란만 더욱 커졌다. 그래서 생각하지 않으려 안간힘을 썼지만 그럴수록 생각은 더더욱 그 생각들로 가득 찼다. 스크루지로서는 말리의 유령이 여간 신경 쓰이는 게 아니었다. 차근차근 따져본 끝에 모두 꿈이었다고 애써 결론지으려고 하면 그 생각들은 꾹 눌려 있던 강력한 용수철처럼 튕겨 제자리로 돌아왔고 그동안 줄곧 고민했던 의문이 다시 떠올랐다.

'꿈이었을까, 생시였을까?'

이런 생각을 하며 누워 있는데 어느새 교회 종이 세

---

* 미국 은행권은 당시 불안정성으로 악명이 높았다고 한다. 미국 은행들이 대개 규모도 작고 자본도 충분하지가 않은 데다 하나의 주 내에서만 운영해야 한다는 정부 방침 때문에 손발이 묶인 상태였기 때문이다. 스크루지가 수중에 미국 은행권을 얼마간 가지고 있었고 어떤 이유였는지 몰라도 3일이 있어야 영국 은행에서 지급받을 수 있었던 것으로 보인다. 따라서 낮이 다시는 오지 않으면 스크루지는 헐값에 넘겨야 될 것이 분명한 미국 은행권을 꼼짝없이 계속 가지고 있어야만 하는 것이다.

번 울렸다. 그때 불현듯 말리가 종소리가 한 번 울리면 유령이 찾아올 거라고 예고했던 말이 떠올랐다. 스크루지는 말리가 말했던 시간이 지날 때까지 눈을 뜨고 누워 있기로 마음먹었다. 어차피 천국에 가는 거나, 다시 잠드는 거나 그르기는 매한가지였으니 깨어있기로 한 것이 가장 현명한 결정일지 몰랐다.

15분이 어찌나 더디게 갔는지, 스크루지는 꾸벅꾸벅 졸면서 시간을 지나친 줄로 착각한 게 한 두 번이 아니었다. 마침내 곤두세웠던 귓전에 종소리가 울렸다.

"댕, 댕!"

"15분이 지났군."

스크루지는 종소리가 몇 번 울렸는지 세기 시작했다.

"댕, 댕!"

"30분이 지났군."

"댕, 댕!"

"정각 15분 전이야."

"댕, 댕!"

"드디어 정각이군, 아무 일도 없잖아!"

스크루지는 의기양양하게 외쳤다.

하지만 스크루지가 말을 마치자마자 시계 종소리가 한 번 더 울리기 시작했는데, 그 종소리는 깊고 둔탁하면서 공허하고 처량했다. 종소리가 울리자마자 번쩍 빛이 나면서 방 안이 환해지더니 침대의 휘장이 휙 걷혔다.

침대 휘장을 한쪽으로 열어젖힌 것은, 맹세컨대 어떤 손이었다. 그 손은 발치 쪽도 등 뒤 쪽도 아닌 스크루지의 얼굴 쪽에 있던 침대 휘장을 걷었다. 침대 휘장이 한쪽으로 걷혀 깜짝 놀란 스크루지가 몸을 반쯤 일으켰다. 스크루지의 눈앞에 휘장을 걷은 섬뜩한 방문객이 서 있었다. 지금 내가 여러분 곁에 아주 가까이 있는 것처럼, 마음속으로는 바로 곁에 서 있는 것이나 마찬가지인 것처럼, 스크루지도 그 방문객을 코앞에서 마주하고 있었다.

참으로 기이한 모습이었다. 처음에는 어린아이처럼 보였는데, 다시 보니 어린아이라기보다 노인에 가까워 보였다. 어떤 초자연적인 매체를 통해 보듯, 시야에서 멀리 떨어져 있어 몸 전체의 비율이 어린아이로 축소된 것 같은 모습이었다. 목에서 등까지 늘어뜨린 유령의 머리카락은 나이 먹은 사람처럼 하얗게 세어 있었지만 얼굴에는 혈색이 돌았고 주름이 하나도 없었다. 기다란 팔에는 알통이 있었고 손도 쥐는 힘이 보통 사람 이상일 것 같았다. 가장 약해 보이는 다리와 발은 팔과 마찬가지로 맨살이 그대로 드러나 있었다. 몸에 순백색의 튜닉*을 걸치고 허리에는 반짝반짝 아름답게 빛나는 허리띠를 매고 있었다. 한 손에는 싱싱한 호랑가시나무** 가지를 쥐고 있었는데, 겨울의 상징물인 호랑가시나무와는 상반되게 유령이 입은 튜닉 가장자리에는 여름 꽃들이 장식되어 있었다. 하지만 이 방문객의 가장 이상한 점은 정수리에서 빛줄기가 뿜어져 나오고 있다는 것이었다. 거기서 나오는 환한 빛 덕에 그 유령의 모습을 전부 볼 수 있었다. 겨드랑이 밑에 끼고 있는 고깔모자는 자신에게 뿜어 나오는 빛줄기를 마치 소등 도구처럼 덮어 가려버리는 용도임이 분명해 보였다.

스크루지는 차차 평정을 되찾았고, 그의 눈에는 유

* 고대 그리스나 로마인들이 입던, 소매가 없고 무릎까지 내려오는 헐렁한 웃옷을 말한다.

** 잎가에 뾰족뾰족한 가시가 돋아 있고 새빨간 열매가 달리는 나무로 흔히 크리스마스 때 장식용으로 쓰인다.

령의 모습 중 이상해 보이는 것이 점점 늘어났다. 허리띠에서 나는 휘황찬란한 광채가 이리저리 옮겨 다녔고, 그 때문에 밝았던 부분이 일순간 어두워지는가 하면 어두웠던 부분이 반짝반짝 빛나기도 하면서 방문객의 모습이 오락가락하게 보였다. 외팔이인가 싶으면 외다리가 되어 있고, 다리가 스무 개가 되었다가 다시 두 개가 되는가 싶더니 이번에는 머리가 없어지기도 하고 머리가 다시 생기기도 했으며 어느 순간 몸통이 보이지 않게 되었다. 방문객의 모습이 칠흑 같은 어둠 속에서 눈 녹는 듯 서서히 사라지면서 희미한 윤곽조차 보이지 않았다. 어떻게 저럴 수 있나 궁금해 하고 있노라면 어느새 그 형상은 온전한 모습으로 쌩쌩히 돌아와 있었다.

"당신이 오늘 밤에 나타나기로 했던 유령이십니까?"

스크루지가 물었다.

"그렇다."

목소리는 나긋나긋하고 온화했지만 너무 작아서 바로 옆에 있는데도 멀게 느껴졌다.

"당신은 누구며, 어떤 분인가요?"

스크루지가 물었다.

"나는 과거의 크리스마스 유령이다."

"아주 먼 과거를 말하는 건가요?"

스크루지가 난쟁이 같이 작은 유령을 살펴보며 다시 물었다.

"아니다. 네 과거를 말하는 거다."

문득 스크루지는 이 유령이 고깔모자를 쓴 모습이 너무 보고 싶어서 한 번만 써봐 달라고 애원을 했다. 아마 스크루지 자신도 그렇게 생각한 이유는 말해 줄 수 없었을 것이다. 왜냐고 묻는 사람도 없었을 테지만 말이다.

유령이 호통을 치며 스크루지를 꾸짖기 시작했다.

"에헴! 내가 내뿜는 빛을 속세의 때가 묻은 손으로 순식간에 끄고 싶은 게냐? 욕심에 눈이 멀어 너와 다른 이들이 이 모자를 만들게 한 것도 모자라 그 긴 세월 이 모자를 억지로 푹 눌러 쓰게 만들어놓고?"

스크루지는 심기를 건드릴 뜻은 전혀 없었고 살면서 어느 때고 유령에게 억지로 모자를 씌운 기억은 없다며 공손히 부인했다. 그러고는 실례를 무릅쓰고 무슨 일 때문에 찾아왔느냐고 물었다.

"네 행복 때문이다."

스크루지는 황송하다며 감사 인사를 했지만 단잠을 방해하지 않았더라면 더 행복했을 거란 생각이 드는 건 어쩔 수 없었다. 유령은 스크루지의 속마음을 알아차렸는지 곧바로 자신의 말을 바꾸었다.

"그렇다면 너를 교화하기 위해서라고 해두겠다. 조심하거라."

유령은 말을 하면서 힘센 한쪽 손을 내밀어 스크루지의 팔을 지그시 잡았다.

"일어나, 나를 따라 오라."

스크루지가 날씨도 좋지 않고 시간도 늦어 걷기에는 적절치 않으며, 침대는 따뜻하지만 바깥의 기온은 뚝 떨어진지 오래인 데다 자신은 실내복에 취침용 모자에 실내화밖에 신지 않아 감기에 걸리기 십상이라고 유령에게 사정해봐야 소용없었을 것이다. 팔에 닿은 유령의 손아귀 힘은 여자의 손길처럼 부드러웠지만 뿌리칠 수 없었다. 하는 수 없이 스크루지가 자리에서 일어나려는데 유령이 창문 쪽으로 향하고 있는 게 아닌가! 스크루지는 유령의 옷자락을 붙들고 애원하기 시작했다.

"저는 사람이라 창문 밖으로 떨어지면 죽습니다."

"내 손만 닿으면 이보다 더 높은 곳에서도 떨어지지 않을 것이다."

유령이 자신의 손을 스크루지의 가슴에 놓으며 말했다.

유령의 말이 끝나고 보니 둘은 어느새 벽을 통과해 양쪽에 들판이 펼쳐져 있어 탁 트인 느낌이 드는 어느 시골길 위에 서 있었다. 도시의 모습은 온데간데없이 사라져버렸고 그 어떤 흔적도 남기지 않았다. 어둠과 안개가 감쪽같이 사라진, 춥지만 화창한 겨울 낮이었다. 땅바닥에는 눈이 얼마간 쌓여 있었다.

"맙소사, 여긴 내가 자란 곳이잖아. 제가 어렸을 때 살던 곳이에요."

양손을 꼭 맞잡은 채 주변을 이리저리 살피던 스크루지가 말했다.

유령은 스크루지를 지그시 바라보았다. 순간적으로 느꼈던 유령의 부드러운 손길은 늙은 스크루지에게 여운을 남겼다. 스크루지는 주위에 감도는 수많은 냄새를 맡았다. 냄새 하나하나는 그간 잊고 지냈던 생각과 희망, 기쁨과 걱정거리와 연결되어 있었다.

"입술이 떨리고 있구나. 볼 위에 그건 무엇이냐?"

유령이 물었다.

스크루지는 평소의 그답지 않게 목멘 소리로 뾰루지 때문이라고 웅얼거렸다. 그리곤 유령에게 자신이 가고 싶어 하는 곳으로 데리고 가 달라고 사정했다.

"그 길을 기억하느냐?"

"기억하고말고요! 눈 감고도 갈 수 있습니다."

스크루지가 열정적인 목소리로 대답했다.

"오래도록 잊고 지냈을 텐데 이상하구나. 갈 길이나 계속 가도록 하자."

둘은 길을 따라 계속 걸었다. 스크루지는 마주치는 문이며 기둥, 나뭇가지를 모두 알아보았다. 마침내 저 멀리 다리와 교회, 굽이굽이 흐르는 강물이 있는 작은 마을이 나타났다. 곧이어 털이 텁수룩한 조랑말 몇 마리가 소년 몇몇을 등에 태우고 총총걸음으로 다가오고 있는 모습이 보였다. 그 소년들은 농부가 모는 이륜마차에 타고 있던 다른 소년들을 부르고 있었다. 소년들은 흥겨운 음악이 가득한 드넓은 들판에 다다를 때까지 다들 들뜬 기분으로 왁자지껄 떠들어 댔다. 상쾌한 공기도 소년들의 활기찬 소리에 웃음 짓는 듯했다.

“이들은 과거의 환영에 지나지 않아서 우리의 존재를 모른다.”

유령이 스크루지에게 말했다.

한껏 들떠 있는 아이들이 다가왔다. 스크루지는 아이들 한 명, 한 명의 얼굴을 알아보고 이름을 기억해 냈다. 스크루지는 어째서 이 아이들을 보고 한없이 기뻐했을까? 아이들이 지나쳐갈 때 싸늘했던 스크루지의 눈이 반짝반짝 빛나고 심장이 두근두근 뛴 이유는 무엇일까? 각자 집으로 가려고 교차로에서, 샛길에서 자기들끼리 메리 크리스마스라며 작별 인사를 주고받는 소리를 듣고 가슴이 벅차오른 건 왜였을까? 스크루지에게 메리 크리스마스가 무엇이기에? 메리 크리스마스 따위 개나 주라지! 크리스마스가 그동안 스크루지에게 해 준 게 뭐가 있다고?

“학교가 완전히 텅 비지는 않았구나. 친구들에게 따돌림 받아 외로운 아이가 저기 홀로 남아 있어.”

유령이 스크루지에게 말했다. 스크루지는 자신이 아는 아이라고 대답하고 흐느껴 울었다.

유령과 스크루지는 대로에서 나와 기억에 선명하게

남아 있는 작은 길 옆을 지나 검붉은 벽돌로 지은 저택 근처에 다다랐다. 꼭대기에 풍향계를 세운 둥근 지붕 안에는 종이 매달려 있었다. 집은 으리으리했지만, 모습과는 다르게 몰락한 것처럼 느껴졌다. 널찍한 창고는 사용한 흔적이 거의 없고 축축한 벽에는 이끼가 잔뜩 끼어 있었으며 창유리는 깨져 있었고 문짝도 썩어 있었다. 닭들은 마구간에서 꼬꼬댁거리며 활개를 치고 있었고 마차 보관소와 헛간은 온통 잡초가 무성했다. 집의 내부 또한 외부만큼이나 전성기를 가늠할 수 없을 정도로 휑했다. 어둠침침한 현관에 들어서 열린 방문 안을 죽 훑어보니 가구도 별로 없는 데다 춥고 휑뎅그렁했다. 실내의 공기에서는 흙냄새가 났고, 텅 비어 있어 썰렁한 집 안은 왠지 이른 새벽 촛불 빛에 억지로 잠에서 깨어 앉았지만 먹을 만한 것은 별로 없을 것 같은 느낌을 받게 했다.

유령과 스크루지는 현관을 가로질러 집 뒤편에 난 문으로 갔다. 문이 스르륵 열리자 어둡고 휑한 기다란 방이 나왔다. 가뜩이나 휑한 방은 허접한 널빤지로 만든 긴 의자와 책상이 일렬로 놓여 있어 더욱 휑해 보였다.

그곳에는 희미한 온기를 뿜는 불가에 앉아 홀로 책을 읽고 있는 소년이 있었다. 스크루지는 널빤지 의자에 주저앉아 그동안 잊고 있었던 과거의 자신을 보며 눈물을 줄줄 흘렸다.

집 안에는 보이지 않는 메아리 소리, 판자 뒤에 숨은 쥐가 찍찍거리는 소리, 황량한 뒷마당의 홈통에 얼어붙어 있던 물기둥이 반쯤 녹아떨어지며 나는 물방울 소리, 축 처진 포플러 나무의 앙상한 가지 사이에서 나는 소리, 텅 빈 창고의 문이 삐걱거리는 소리, 난로에서 불꽃이 탁탁 튀는 소리가 들려 왔다. 소리 하나하나를 들으며 한없이 마음이 약해진 스크루지는 봇물 터지듯 눈물을 쏟았다.

유령은 스크루지의 팔에 손을 얹고 책 읽기에 푹 빠져 있는 어린 시절의 스크루지를 가리켰다. 그런데 갑자기 이국적인 옷을 입은 남자가 창밖에 나타났다. 놀라울 정도로 생생하고 눈에 띄는 모습이었다. 그 남자는 허리띠에 도끼를 차고 나무를 잔뜩 실은 나귀의 고삐를 쥐고 있었다.

그러자 스크루지가 기쁨에 가득 차 소리쳤다.

"맙소사, 저건 알리바바예요. 착하고 정직한 알리바바. 그래요, 기억이 나요. 언젠가 크리스마스 때, 저기 보이는 저 외톨이 소년이 혼자 이 방에 남겨졌을 때, 그때 딱 저 모습으로 처음 나타났었어요. 불쌍한 꼬마! 발렌타인하고 야생에서 자란 동생 올슨*도 저기 있네요! 그리고 저 사람 이름이 뭐였더라? 다메섹 문** 앞에 속옷 바람으로 쓰러져 잠든 사람말이에요, 모르시겠어요? 또 램프의 요정 지니가 거꾸로 들고 섰던 술탄의 마부도 있네요. 물구나무 선 꼴로 저기 있잖아요. 꼴좋군! 그것 참 고소하다. 공주랑 결혼을 하려 하다니 가당키나 한가요?"

스크루지가 열과 성을 다해 웃는 것도 아니고 우는 것도 아닌 이상한 목소리로 이런 이야기를 늘어놓는 것을 들었다면, 또한 한껏 들떠 달뜬 그의 얼굴을 보았다면, 시내에서 알고 지내던 사업상 친구들은 다들 깜짝

---

* 15세기말 경 영어로 번역된 14세기 프랑스 무훈시를 말한다. 아기 때 숲속에 버려진 쌍둥이 형제 중 자라서 기사가 된 형 발렌타인이 야생에서 자란 동생 올슨을 가르쳐 신하로 만들었다는 내용이다.

** 예루살렘 구도시를 감싸고 있는 성벽의 8개 성문 가운데 가장 크고 아름답다는 문을 말한다.

놀랐을 것이다.

"저기 앵무새도 있군요! 녹색 몸통에 노란색 꼬리, 꼭 정수리에서 상추가 난 것 같은 얼굴까지 그 앵무새가 맞아요. 가엾은 로빈슨 크루소, 배를 타고 섬을 한 바퀴 돌고 나서 다시 집에 왔을 때 앵무새가 그렇게 말했지요. '가엾은 로빈슨 크루소, 어디 갔었니, 로빈슨 크루소?' 크루소는 자기가 꿈을 꾸는 걸 거라고 생각했지만 아니었어요. 그 말을 한 건 앵무새였지요. 저기 프라이데이*가 죽어라 작은 만(灣)으로 도망치고 있어요. 이봐! 어이! 여기야!"

평소와 다른 성격으로 변한 스크루지가 과거의 자신을 "불쌍한 꼬마!"라고 불쌍히 여기며 울부짖기 시작했다.

"아, 정말 안타깝다. 하지만 이젠 너무 늦어버렸어."

스크루지는 옷소매로 눈물을 훔치고 나서 손을 주머니에 넣은 채 주위를 두리번거리며 중얼거렸다.

"뭐가 늦었다는 거지?"

유령이 물었다.

---

* 로빈슨 크루소가 식인종에게 먹힐 뻔한 원주민을 금요일에 구해주었고, 그 원주민을 '프라이데이'라고 이름 붙였다고 한다.

"아무것도 아닙니다. 아무것도 아니에요. 어젯밤 사무실 문 앞에서 크리스마스 캐럴을 부르던 아이가 있었는데, 그 아이에게 몇 푼이라도 쥐어줄 걸 그랬어요. 그뿐입니다."

유령은 인자한 미소를 짓고는 손을 흔들며 말했다.

"이제 다른 크리스마스를 보러 가자꾸나."

유령의 말이 떨어지기 무섭게 꼬마 스크루지는 점점 커졌고, 방은 좀 더 어두침침하고 더러워졌다. 벽에 댄 판자들은 줄어들었고 창문은 부서졌다. 회반죽 조각이 천장에서 떨어지면서 그 안에 있던 욋가지가 드러났다. 이게 어떻게 된 영문인지 모르기는 스크루지도 여러분과 매한가지였다. 그저 스크루지는 이 상황이 한 치의 어긋남도 없이 옛날 그대로였다는 점만 알 수 있었다. 다른 아이들은 모두 즐거운 휴일을 보내러 집으로 떠나고 없는데 이번에도 스크루지만 혼자 남아 있었다.

어린 스크루지가 책을 읽지 않고 절망적인 심정으로 방 안을 서성거리고 있었다. 스크루지는 유령을 쳐다보더니 애처롭다는 듯 고개를 저으며 초조하게 문 쪽을 흘끔거렸다.

이윽고 문이 열리더니 스크루지보다 훨씬 어린 여자아이가 하나 쪼르르 달려 들어와 스크루지의 목을 덥석 끌어안더니 뽀뽀를 여기저기 하면서 "오빠, 사랑하는 우리 오빠!"라고 하면서 하던 말을 계속했다.

"오빠를 집으로 데려가려고 왔어. 집으로 말이야, 우리 집으로!"

여자아이는 조그만 손으로 손뼉을 치며 몸을 굽히며 까르르 웃기 시작했다.

"집이라고 그랬니, 팬?"

"응. 집으로 아주 가는 거야! 영원히 집으로. 아빠가 예전보다 안 무서워져서 집이 천국 같아졌어. 얼마 전에 내가 자려고 하는데 아빠가 다정하게 말을 하셔서 오빠가 우리 집에 와도 되냐고 물어볼 용기가 났지 뭐야. 그랬더니 아빠가 내 말대로 해도 된다고 하셨어. 나더러 마차를 타고 가서 오빠를 데려오랬어. 이제 오빠는 어른이 되는 거야. 그러면 여기로 돌아오지 않아도 돼. 우선 크리스마스 동안 다 같이 지내면서 세상에서 제일 즐거운 시간을 보내자."

여자아이가 신이 나서 대답했다.

"우리 팬이 숙녀가 다 됐구나."

소년 스크루지가 외쳤다.

여자아이는 손뼉을 치며 웃다가 소년 스크루지의 머리를 쓰다듬으려 했지만 키가 너무 작아 손이 닿지 않았다. 여자아이는 다시 웃음을 터뜨리고는 까치발로 서서 소년을 껴안았다. 그러고는 아이답게 열심히 오빠를 문 쪽으로 끌어당기기 시작했다. 꺼릴 이유가 전혀 없던 소년도 순순히 여자아이가 이끄는 대로 따랐다.

복도에서 무시무시한 목소리가 울렸다.

"거기, 스크루지 도련님의 짐을 내려가거라!"

잠시 후 교장이 직접 복도에 나타나 모질고 거만한 표정으로 스크루지를 노려보며 악수를 청해 그를 겁에 질리게 했다. 교장은 소년과 소년의 여동생을 그 어떤 응접실보다도 멋지게 꾸민 응접실로 데리고 갔다. 응접실은 꾸민 것과 달리 등골이 오싹해질 만큼 싸늘한 분위기를 풍겼고 그 때문에 아주 오래된 우물처럼 느껴졌다. 벽에 걸린 세계지도와 창가에 놓인 천구의와 지구의가 냉기에 밀랍처럼 굳어버린 듯했다. 교장은 이상할 정도로 묽은 와인 한 병과 이상할 정도로 느끼한 케이크 한 덩어리를 내오더니 두 어린이에게 이 별미를 조금씩 나눠주었다. 또한 교장은 비쩍 마른 하인을 내보내 마부에게도 이 와인을 가져다주라고 했다. 잠시 후 하인이 들어와 마부의 답변을 전하기를, 성의는 고맙지만 지난번에 마셨던 그 술이라면 사양하겠다고 했다. 그때쯤에는 스크루지의 트렁크가 마차 지붕 위에 단단히 묶여 있었을 때였다. 곧이어 아이들은 교장에게 한치의 아쉬움도 없이 작별을 고하고는 마차에 올라타 정원 사이로 기다랗게 난 길을 신나게 달렸다. 빠르게 돌아가는 마차 바퀴가 짙푸른 상록수 잎을 덮은 서리와 눈을 흩뿌리게 했다.

"한 번 불기만 해도 날아갈 것처럼 연약했지만 정이 많은 아이였지."

유령이 말했다.

"그래요, 정이 많은 아이였어요. 옳은 말씀이세요. 반박하진 않겠어요, 유령님. 절대로!"

스크루지가 울먹이며 말했다.

"그 아이는 결혼 후에 죽었지. 자식이 몇 명 있었던 걸로 아는데."

유령이 물었다.

"한 명 있지요."

"그래, 네 조카 말이지."

스크루지는 뭔가 찔리는 게 있는 듯 짤막하게 '맞다'고만 답했다.

학교를 뒤로 하고 떠난 것이 방금 전이었는데 유령과 스크루지는 어느새 분주한 도시의 대로에 와 있었다. 그림자 같은 행인들이 도로 위를 계속 오가고 있었고, 마찬가지로 그림자 같은 짐마차와 승객용 마차는 앞다퉈 달리고 있었다. 대도시답게 아귀다툼과 아우성이 판을 치는 곳이었다. 상점들의 장식만 봐도 이곳 또한 크리스마스 무렵이라는 것을 한 눈에 알 수 있었다. 저녁 시간이라 거리가 불빛으로 반짝이고 있었다. 유령이 어떤 큰 상점 앞에서 걸음을 멈추더니 스크루지에게 여기가 어딘지 아느냐고 물었다.

"당연히 알죠. 여긴 제가 일을 배웠던 곳입니다!"

둘은 안으로 들어갔다. 웨일스식 가발 모자*를 쓴 노신사가 높다란 책상 앞에 앉아 있는 모습이 보였다. 책상이 어찌나 높은지 노신사의 키가 5센티미터만 컸어도 머리를 천장에 찧었을 것이었다. 스크루지는 흥분해 큰 소리로 외쳤다.

"저분은 페치위그 어르신이에요! 이럴 수가, 페치위그 어르신이 다시 살아나다니!"

페치위그는 펜을 내려놓고 시계를 올려다보았다. 시계는 7시를 가리키고 있었다.** 노인은 양손을 비비고 헐렁한 양복 조끼의 매무새를 바로잡더니 호탕하게 웃었다. 인정을 관장하는 장기(臟器)가 있는 머리***에서부터 발끝까지 온몸으로 껄껄껄 웃어젖히더니 인자하고 부드러우면서 우렁차고 넉살 좋은 목소리로 아이들을 힘차게 불렀다.

"유후, 애들아! 에브니저! 딕!"

어엿한 청년이 된 과거의 스크루지가 동료 견습생과 함께 씩씩하게 걸어왔다.

---

* 양모로 만든 모자로 일반 모자와 달리 뒤통수까지 덮을 수 있었다.

** 하루 8시간 근무는 산업혁명의 혁신이었다. 1840년대 하루 노동시간은 10시간에서 12시간이었다. 따라서 페치위그가 7시에 가게 문을 닫자고 제안한 것은 꽤 이른 퇴근이라고 볼 수 있다.

*** 골상학에서 나온 개념으로, 인정을 담당하는 장기는 머리카락이 시작하는 이마 윗부분에 있다고 여긴 것을 말한다.

"저건 딕 윌킨슨이 틀림없어요! 이크, 저기 있네요. 저 자식, 날 끔찍이 따랐는데. 불쌍한 딕. 딱하기도 해라!"

스크루지가 유령에게 말했다.

"자, 얘들아. 오늘 밤은 그만 하려무나! 크리스마스이브잖니, 딕. 크리스마스라고, 에브니저. 어서 가게 문이나 닫자꾸나. 후딱 해치우자고."

이 두 청년이 얼마나 잽싸게 움직였는지 여러분은 못 믿을 것이다. 하나, 둘, 셋에 덧문을 가지고 거리로 나가 넷, 다섯, 여섯에 덧문을 제자리에 끼웠으며, 일곱, 여덟, 아홉에 덧문에 빗장을 질러 고정시킨 다음, 미처 열둘까지 세기도 전에 경주마처럼 숨을 헐떡이며 제자리로 돌아왔다.

"오호호! 젊은 친구들, 여길 싹 치워서 자리를 만들어 보게나. 오호호, 딕. 힘내게, 에브니저."

페치위그 노인이 즐거운 비명을 지르며 놀랄 만큼 날쌔게 책상에서 훌쩍 뛰어내려와 두 청년에게 말했다.

그들은 정말 깨끗하게 청소를 했다! 페치위그 노인이 지켜보고 있는 한, 두 사람이 치우고 싶지 않은 것도, 치우지 못할 것도 없었다. 순식간에 청소가 끝났다. 앞으로 다시는 쓸 일이 없기라도 한 것처럼 치울 수 있는 물건은 모조리 치워버렸다. 바닥은 빗자루로 쓸고 나서 물로 닦았고 램프 심지는 잘라놓았으며 땔감도 벽난로 안에 더 넣어놓았다. 가게 안은 이제 포근하고 아늑한 데다 뽀송뽀송하고 환해지기까지 해서 한겨울밤에 누구라도 바랄 듯한 무도회장 같은 모양새로 변해 있었다.

바이올린 연주자가 악보를 들고 들어와 높다란 책상 위로 올라가서는 책상을 무대 삼아 조율을 시작했고 악기에서는 아파서 다 죽어가는 사람의 신음소리가 나왔다. 페치위그 부인도 환한 미소를 머금고 가게 안으로 들어왔다. 뒤이어 등장한 사랑스러운 페치위그 집안의 딸들 얼굴에는 희색이 넘쳐흘렀다. 이 세 아가씨들 때문에 애를 태우고 있는 청년 여섯 명도 따라 들어왔다. 마지막으로 이곳에서 일하는 젊은 남녀가 모두 들어왔다. 하녀도 제빵사인 사촌을 데리고 왔다. 요리사도 자기 오빠와 각별히 친한 우유 배달원과 함께 왔다. 주인한테 밥도 제대로 못 얻어먹는 것 같다는 의혹을 받고 있는 길 건너편 상점의 소년도 들어왔지만 옆집 하녀 뒤에 숨으려고만 했다. 나중에 알고 보니 그 하녀는 주인마님에게 귀를 잡혀 끌려간 적이 있었다. 한 명씩 차례로 모두들 들어왔다. 누군가는 수줍게, 누군가는 넉살 좋게, 누군가는 우아하게, 누군가는 쭈뼛쭈뼛하게, 누군가는 떠밀려서, 누군가는 또 다른 누군가를 잡아당기면서 들어왔다. 모두들 다양한 모습으로 그곳에 들어왔다. 그들 모두가 각각 쌍을 이루었고, 동시에 스무 쌍이 손에 손을 잡고 이쪽으로 반 바퀴, 다시 반대쪽으로 반 바퀴를 돌았고 가운데로 모였다가 다시 뒤로 물러나기도 했다. 그들은 계속해서 서로 돌아가며 짝을 지어 빙글빙글 돌았다. 선두에 선 커플이 번번이 엉뚱한 자리로 돌아오는 바람에, 새로이 선두에 서게 된 커플은 선두에 서자마자 추던 춤을 처음부터 다시 시작해야 했다. 그러다 결국 모두가 선두에 서게 되어 선두 커플을 받칠 꼬리 커플이 하나도 남지 않게 되었다. 페치위그 노인이 손뼉을 쳐서 춤을 잠시 멈추라는 신호를 보내며 외쳤다.

"잘들 했어요!"

바이올린 연주자는 열을 식히라고 특별히 마련해 준 흑맥주 잔에 얼굴을 들이대고 벌컥벌컥 마셨다. 하지만 언제 지쳤었냐는 듯, 연주자는 무대에 다시 오르자마자 곧바로 연주를 시작했다. 아직 춤을 추러 나온 사람이 하나도 없는데도, 그 바이올린 연주자는 마치 지쳐 나가떨어진 다른 악사가 들것에 실려 집으로 가는 바람에 새로 온 악사가 죽기 살기로 먼젓번 악사를 이겨보겠다고 작정한 것처럼 연주했다.

다시 춤이 이어졌고 사람들은 이어서 벌금 놀이*를 했다. 춤이 또 한 차례 이어진 다음에는 케이크와 니거스 술,** 차가운 통닭구이, 차가운 햄, 민스파이,*** 맥주가 모자람 없이 나왔다. 하지만 그날 저녁의 백미는 통닭구이와 햄이 나온 후 연주자가(그는 눈치가 보통이 아니었다! 제 일은 손바닥처럼 훤히 꿰고 있어 나나 여러분의 잔소리 따위는 필요가 없는 사내였다) 〈로저 드 코벌리 경〉****을 연주하기 시작했을 때였다. 그 곡이 흘러나오자 페치위

---

* 자기 순서를 놓친 사람이 벌금을 무는 놀이를 말한다. 벌금으로 동전을 내기도 했으나 보통 키스로 대신했다.

** 포도주와 더운물에 설탕과 레몬 등을 넣어 만든 음료를 말한다.

*** 영국의 대표적인 크리스마스 디저트로 크리스마스부터 12일 동안 매일 민스파이를 한 개씩 먹으면 새해에 행운이 온다고 믿었다.

**** 크리스마스 무곡의 제목이다.

그 노인이 자신의 부인과 춤을 추러 앞으로 나갔다. 그들은 선두 커플로 나섰는데, 그 연주곡은 두 부부에게 더 없이 적합해 보였지만 춤을 추기에는 꽤 어려운 곡이었다. 뒤이어 스물서너 커플이 나왔는데, 이들에게 춤을 대충 춘다는 건 없었기 때문에 페치위그 부부가 쉽게 상대할 만큼 만만한 사람들은 아니었다.

하지만 그 두 배, 아니 네 배가 있었어도, 페치위그 노인은 거뜬히 그들을 상대할 수 있었을 것이다. 물론 페치위그 부인도 마찬가지였다. 페치위그 부인으로 말할 것 같으면 어느 모로 보나 페치위그 노인에게 완벽한 배우자였다. 그보다 더 나은 찬사가 있다면 알려주시길, 그럼 그 말로 페치위그 부인을 칭송할 테니. 페치위그 노인의 장딴지에서는 밝은 빛이 흘러나오는 것 같았다. 그래서 춤을 추는 동안 어떤 동작을 하든 그의 장딴지는 환한 달처럼 빛이 났다. 게다가 다음에는 그가 어떤 동작을 보여줄지 아무도 짐작할 수 없었다. 페치위그 노인은 부인과 모든 춤을 함께 했다. 양손으로 상대방을 잡고 앞으로 나아갔다 뒤로 물러나고, 서로 허리를 굽혀 절을 한 다음에는 나선형으로 돌기도 했으며 양손을 맞잡고 바늘구멍에 실 꿰듯 서로의 팔 밑으로 번갈아 나온 다음 제자리로 다시 돌아왔다. 페치위그 노인이 허공으로 힘차게 뛰어올라 두 다리를 가위처럼 재빠르게 교차했다. 발놀림이 어찌나 능수능란했던지 마치 양 다리로 윙크를 하는 것 같았다. 그러고는 다시 두 발로 착지를 했는데 그때 그는 조금도 비틀거리지 않았다.

시계가 11시를 알렸고, 이 작은 무도회는 끝이 났다. 페치위그 부부는 각자 문 양쪽에 자리를 잡고 남자든 여자든 나가는 사람과 일일이 악수를 나누면서 즐거운 크리스마스를 기원했다. 모두들 돌아가고 두 견습생만 남았을 때, 페치위그 부부는 그들에게도 크리스마스 인사를 건넸다. 이렇게 해서 즐거운 목소리가 모두 서서히 잦아들었고 두 청년은 가게 뒤편 작업대 아래 놓인 각자의 침대에 누웠다.*

그 순간, 스크루지는 이런 일이 벌어지는 내내 정신 나간 사람처럼 굴었다. 스크루지는 과거의 자신에게 온전히 마음을 빼앗겨 버렸다. 한순간 한순간을 확인하고,

---

* 이 당시 견습생들은 작업장에 거주하며 자신이 사용할 매트리스를 자신이 작업하는 작업대 밑에 놓고 지냈다고 한다.

추억하고 즐기더니 크게 동요하는 모습을 보였다. 과거의 자신과 딕의 해맑은 얼굴이 사라진 순간, 바로 그때서야 스크루지는 유령이 자신의 곁에 있다는 사실을 기억했다. 유령은 계속해서 스크루지를 뚫어져라 바라보고 있었고, 그러는 동안 유령의 정수리에선 아주 환하게 빛이 났다.

"이 어리석은 인간들은 사소한 일로 감동을 받는구나."

유령이 말했다.

"사소하다니……."

스크루지가 유령의 말을 되뇌었다.

유령이 두 견습생 청년의 얘기를 잘 들어보라고 스크루지에게 손짓을 했다. 그들은 입에 침이 마를 정도로 페치위그 노인을 칭송하고 있었다. 스크루지가 유령이 시키는 대로 두 청년의 이야기를 듣고 있을 때 유령이 물었다.

"그래, 어떻더냐? 그 노인은 네가 그토록 벌벌 떠는 돈을 몇 파운드밖에 쓰지 않았다. 한 3~4파운드나 썼을까? 그 돈이 저런 칭찬을 받을 만한 것이냐?"

유령의 말에 열이 받은 스크루지가 자신도 모르는 사

이 현재의 자신이 아닌 과거의 자신이 되어 스스로를 대변하기 시작했다.

"물론 아닙니다. 유령님. 하지만 그 어르신한테는 저희의 행불행을 좌지우지할 힘이 있어요. 우리 일이 힘들어지느냐 마느냐, 즐거워지느냐 괴로워지느냐를 좌지우지하신다고요. 그분의 힘이 고작 말 몇 마디나 표정에만 있다고 해 둡시다. 너무 미미하고 무의미해서 더하거나 계산할 수 없는 것들이지요. 그래서 그게 어떻다는 거죠? 그분 덕에 우리가 느끼는 행복은 돈으로 계산할 수 없을 만큼 큰 걸요."

유령의 시선을 느낀 스크루지가 하던 말을 멈췄다.

"왜 그러느냐?"

유령이 물었다.

"아무것도 아닙니다."

"뭔가 있는 것 같은데."

"아무것도 아닙니다. 지금 당장 우리 사무실에서 일하는 서기한테 한두 마디 해주고 싶은 말이 있어서 그래요. 그뿐입니다."

스크루지가 이런 소망을 입 밖에 꺼낸 순간 청년 스

크루지가 등잔불을 껐다. 스크루지와 유령은 어느새 허공에 나란히 서 있었다.

"내게 주어진 시간이 다 되어 가는군. 서둘러야겠어."

유령이 말했다.

유령이 중얼거리는 혼잣말은 그 말은 즉각 효력을 발휘했다. 왜냐하면 스크루지의 눈앞에 다시 한번 과거의 자신이 나타났기 때문이다. 스크루지의 모습은 이제 나이가 좀 더 들어 장년이 되어 있었다. 지금의 스크루지처럼 모질고 완고한 얼굴은 아니었지만 근심과 탐욕의 흔적이 그의 얼굴에 점점 나타나는 듯했다. 열망과 탐욕과 불안이 깃든 눈빛은 욕망의 나무가 벌써 뿌리를 깊게 내렸으며, 그 나무가 자라 길게 그림자를 드리운 모습을 보여주었다.

스크루지는 상복 차림새의 젊고 아름다운 아가씨와 나란히 앉아 있었다. 아가씨의 눈에서 흐르는 눈물은 과거의 크리스마스 유령이 내뿜는 빛을 받아 반짝거렸다.

"별일 아니겠지요. 당신에게는 별일이 아닐 거예요. 이제 당신에겐 또 다른 우상이 저를 대신했으니까요. 앞으로 그 우상이 저 대신 당신에게 힘과 위안을 줄 수 있다면, 제가 슬퍼할 이유는 없겠지요."

"내게 당신 말고 어떤 우상이 생겼다는 거요?"

스크루지가 물었다.

"황금이지요."

"세상이 공평하다는 게 바로 이런 건가. 세상이 가난한 자에게 가혹하기에 부자가 되려고 했더니, 이번엔 부자가 되려 한다고 이토록 모질게 비난을 받다니."

"당신은 세상 사람들의 평가를 너무 두려워해요. 좀스러운 비난을 받게 되지는 않을까 전전긍긍하느라 다른 희망들을 다 버렸잖아요. 당신이 품고 있던 고결한 꿈이 하나씩 차례차례 사라지는 걸 전 봤어요. 그러다 결국 오로지 돈만 바라보게 됐지요. 그렇지 않은가요?"

여자가 부드럽게 대답했다.

"그래서 뭐가 어떻다는 거요? 설사 내가 전보다 사리에 밝아졌다 한들, 그게 어떻다는 거지? 당신을 향한 마음에는 변함이 없는데."

스크루지가 대꾸했고 여자는 고개를 가로저었다.

"내가 변했다는 거요?"

"우리 언약은 이제 지나간 일이 되었어요. 그땐 우리

둘 다 가난했지만 행복했었죠. 끈기 있게 부지런히 일을 하다 보면 언젠가 형편이 나아질 테니까요. 당신은 변했어요. 저와 언약했던 그 사람이 아니에요."

"그땐 내가 철부지였소."

스크루지가 조바심을 내며 대답했다.

"당신도 당신이 더 이상 예전의 당신이 아니라는 걸 어느 정도 느끼고 있을 거예요. 저는 그때 그대로랍니다. 행복을 약속했을 때 우리 마음은 하나였는데, 이제 그 마음이 둘로 갈라지고 나니 하늘이 무너져 내린 듯 너무나 괴롭네요. 얼마나 자주, 얼마나 치열하게 이 문제로 고민했는지 더는 말하지 않겠어요. 충분히 고민했으니 이제 당신을 놓아드리겠어요."

"내가 언제 놓아달라고 한 적이 있었소?"

"말로요? 아니요, 그렇게 말을 한 적은 한 번도 없었죠."

"말로 하지 않았다면 무엇 때문에 그렇게 생각했던 거지?"

"달라진 성격, 변해 버린 영혼, 다른 삶에 대한 열망, 그리고 원대한 꿈을 목표로 삼는 당신의 모습 때문이죠. 예전에는 저의 사랑을 무조건 귀하고 소중하게 바라봐 주시더니 이젠 아니잖아요. 우리 사이에 이런 언약이 없었더라면……. 말씀해 주세요, 저를 찾고 얻으려 애쓸 건가요? 아니지, 당신은 그럴 리가 없겠죠."

여자는 부드럽지만 단호한 눈길로 스크루지를 보며 물었다. 스크루지는 자신도 모르게 여자의 말에 어느 정도 수긍이 갔지만 곧바로 그녀의 말에 반박했다.

"그럴 리가 없다고 생각하오?"

"가능하다면 저도 다르게 생각하고 싶었어요. 하늘은 알아주시겠죠. 제가 사실이 이렇다는 걸 깨달았을 때, 그게 얼마나 강하고 거역할 수 없을지도 동시에 깨달았어요. 당신이 지금도, 앞으로도, 과거에도 자유로운 몸이었다면 그때도 나처럼 지참금 한 푼 없는 여자를 택할 거란 말을 제가 믿을 수 있을까요? 지금 이렇게 노골적으로 매사를 이해득실로 따지고 있는 당신이요? 설사 당신이 믿고 있는 원칙을 어기고 저를 선택한들, 그 후에 당신이 땅을 치고 후회할 거란 사실을 제가 어떻게 모르겠어요? 그래서 이렇게 당신을 놓아드리는 거예요. 예전의 당신을 진심으로 사랑했기 때문에요."

스크루지가 어떤 말이라도 하려고 했지만 여자는 스

크루지를 외면한 채 계속 말을 이었다.

"어쩌면 이 일로 당신이 괴로워할지도 모르겠지요. 지나간 과거를 떠올리면서 당신이 고통스러워했으면 하는 바람도 있어요. 하지만 당신은 순식간에, 아주 순식간에 이런 기억을 다 떨쳐버리고는 손해만 볼 뻔했던 꿈에서 잘 깨어났다고 기뻐할 거예요. 당신이 선택한 인생이니만큼 행복하길 바라겠어요."

여자는 스크루지를 떠났고, 두 사람은 헤어졌다.

"유령님, 더는 보고 싶지 않습니다. 절 집으로 데려다 주세요. 저를 괴롭히니까 즐거우십니까?"

스크루지가 애원했다.

"환영 하나만 더 보거라."

유령이 스크루지에게 말했다.

"싫습니다. 더는 싫어요. 보고 싶은 마음이 없습니다. 더 이상은 제게 아무것도 보여주지 마십시오."

하지만 유령은 가차 없이 스크루지의 양팔을 잡고 다음에 벌어진 일을 억지로 지켜보게 했다.

유령과 스크루지는 또 다른 장소에 와 있었다. 아주 크거나 멋지진 않지만 안락하게 꾸며놓은 방이었다. 벽난로 가까이에 어여쁜 소녀가 앉아있었다. 방금 봤던 그 여자와 너무 닮아서 스크루지는 소녀가 그 여자라고 착각할 정도였다. 그런데 자세히 보니 그 여자는 아름다운 부인이 되어 어여쁜 소녀의 맞은편에 앉아있었다. 방은 너무 시끄러워 난장판을 방불케 했다. 그도 그럴 것이 그 방에는 스크루지가 세어 본 숫자보다 더 많은 아이들이 있었다. 시에 나오는, 한 마리인 듯 얌전히 구는 40마리 소 떼*와는 달리 아이들은 모두 제각각 멋대로 굴고 있었다. 아수라장이 따로 없을 지경이었다. 하지만 아무도 신경 쓰지 않는 것 같았다. 어머니와 딸은 오히려 큰 소리로 웃으며 즐거워하고 있었다. 곧이어 친구들과 섞여 아수라장에 동참한 그녀의 딸은 어린 악동들에게 완전히 패하고 말았다. 저 무리에 낄 수만 있다면 내 무엇인들 내어놓지 않겠는가! 나라면 저토록 버릇없이 굴지는 못했을 터였다. 세상의 모든 금은보화를 준다한들 저 땋은 머리를 망가뜨리고 풀어헤쳐놓지

---

* '소 떼들은 풀을 뜯느라 머리도 들지 않고, 마흔 마리가 마치 하나 같이 풀만 먹고 있구나', 윌리엄 워즈워스의 시 〈3월에 쓰다〉에 나오는 싯구에서 유래했다.

는 않았을 텐데. 내 목숨을 살려준다고 해도 저 자그마하고 귀여운 구두를 잡아 뜯지는 않았으리라, 맹세코! 저 맹랑한 꼬마 녀석들은 저렇게 아이의 허리를 장난삼아 껴안았겠지만 나는 결코 그럴 수 없었으리라. 아이를 껴안을 수 있다면 벌을 받아 내 팔이 굽어 다시는 펴지지 않아도 좋으리라. 그럼에도 아이의 입술을 만지고 싶은 마음이 간절했다는 점은 인정할 수밖에 없었다. 아이에게 질문을 하고 그 질문에 입술을 열고 답을 해주기를, 내리뜬 눈의 속눈썹을 바라보아도 아이가 얼굴 붉히지 않기를, 내게는 값을 매길 수 없는 기념품이 될 물결치는 머리카락을 얼마나 풀어헤치고 싶었는지. 고백컨대 내가 아이를 가질 최소한의 자격이라도 갖춘 사람이었으면, 아이가 주는 기쁨을 제대로 아는 남자이기를 얼마나 바랐는지 모른다!

그때 문 두드리는 소리가 들리자 아이들이 우르르 몰려갔다. 발갛게 상기된 장난꾸러기들 사이에 있던 소녀도 얼떨결에 문 쪽으로 떠밀려갔다. 그 덕분에 여기저기 찢어진 옷을 입었지만 환하게 웃고 있던 소녀는 제 아버지에게 제때 인사를 할 수 있었다. 아버지는 크리스마스 장난감과 선물을 잔뜩 든 아저씨를 데리고 집에 들어왔다. 곧이어 신이 난 아이들은 소리를 지르고 발버둥을 치며 무방비 상태의 짐꾼에게 맹공을 퍼부었다! 의자를 사다리 삼아 올라선 채 짐꾼의 주머니를 뒤지고, 갈색 종이 꾸러미를 빼앗고, 넥타이를 잡아당기고, 목에 매달려 등을 때리고, 기쁨을 주체하지 못해 발길질을 하기도 했다! 선물 상자를 열 때마다 아이들은 환호성을 질렀다! 그때 나쁜 소식이 들렸다. 아기가 소꿉놀이용 프라이팬을 입안에 집어넣으려던 찰나에 간신히 말렸는데, 나무 접시에 붙어 있던 가짜 칠면조 모양을 삼켜버린 것 같다는 것이다! 하지만 이것이 거짓으로 밝혀져 다들 크게 안도했다! 기쁘고 감사하고 황홀한 기분은 말로 다 할 수 없을 정도였다! 아이들이 하나둘 거실에서 물러나자 황홀함과 기쁨의 감정들도 점차 사라져갔다. 아이들은 한 번에 계단을 올라 꼭대기에 있는 침실로 돌아가 잠자리에 들었고 집 안은 고요해졌다.

이 집의 가장으로 보이는 남자가 아내와 딸과 함께 난롯가에 앉아 있는 모습이 보였다. 스크루지는 그 어느 때보다 주의 깊게 이들을 지켜보았다. 딸아이는 아버지의 어깨에 다정히 기대어 있었다. 우아한 데다 장래가 촉망되는 저런 아이가 자신을 아버지라 불러준다면 차디찬 겨울날 같은 삶이 봄날처럼 따뜻했을지 모른다는 생각을 하며 스크루지는 눈앞이 점점 흐려지는 것을 느꼈다.

"여보. 오늘 오후에 당신의 옛 친구를 보았소."

남편이 미소 띤 얼굴로 아내를 돌아보며 말을 걸었다.

"친구 누구요?"

"알아맞혀 보구려."

"음, 혹시 스크루지 씨 아닌가요?"

아내는 웃는 남편의 모습을 따라 웃으며 대답했다.

"맞았소. 그 사람 사무실 창가를 지나가는데 창문이 열려 있더군. 마침 촛불도 켜놓아서 눈길이 가더라고. 동업자가 다 죽어 간다더니 정말 혼자 앉아 있던데. 이제 이 세상에서 정말 혼자만 남은 것 같더라고."

"유령님! 저를 어서 여기서 데리고 나가주십시오."

스크루지가 목이 메어 말했다.

"말하지 않았느냐, 이건 모두 과거의 환영이라고. 있는 그대로를 보여주는 것뿐이니 나를 원망하지 말거라."

유령이 스크루지의 말에 대답했다.

"저를 어서 여기서 데리고 가주십시오. 도저히 견딜 수가 없습니다."

스크루지가 절규했다.

스크루지는 유령 쪽을 돌아보았다. 유령 또한 스크루지를 보고 있었다. 유령의 얼굴은 지금껏 유령이 스크루지에게 보여준 모든 얼굴들이 겹쳐져 있었다. 더 이상 참을 수 없었던 스크루지는 유령에게 덤벼들었다.

"날 놔줘! 집으로 도로 데려다 놓으란 말이야! 더 이상 쫓아다니지도 말고!"

그렇게 싸우는 동안, 유령 쪽에서는 눈에 띄는 저항도 하지 않았을 뿐더러 스크루지의 공격도 소용이 없었기 때문에 이것을 싸움이라 불러도 될지 모르겠지만, 스크루지는 유령의 정수리에서 뿜어져 나오는 빛이 더욱 환하고 강해지고 있음을 알아차렸다. 유령이 자신에게 행사하는 영향력이 그 빛과 관련 있을지도 모른다고 어렴풋이 짐작한 스크루지는 고깔모자를 움켜쥐고는 불시에 그 모자를 유령의 머리 위로 꾹 눌러 씌웠다. 그러자 유령이 크게 쪼그라들더니 고깔모자 밑에 완전히 깔려버렸다. 스크루지가 온 힘을 다해 고깔모자를 짓눌렀지만, 모자 밑에서 새어나와 땅바닥으로 막힘없이 줄줄 흘러나간 빛까지 완전히 가릴 수는 없었다.

점점 힘이 빠진 스크루지는 몰려오는 졸음을 이기지 못했다. 스크루지는 어느새 자신의 침실로 돌아와 있었다. 마지막까지 유령의 고깔모자를 쥐어짜던 손에서 힘이 빠졌고, 스크루지는 비틀비틀 침대로 기어들어가 깊은 잠에 빠지고 말았다.

3부
두 번째 유령

요란하게 코를 골다가 잠에서 깨어난 스크루지는 차근차근 기억을 되짚어보았다. 이제 유령의 방문을 알리는 시계탑의 종소리를 들을 필요도 없었다. 아슬아슬하게 때맞춰 의식을 되찾은 스크루지는 제이콥 말리의 알선으로 자신을 찾아 올 예정인 두 번째 유령과 담판을 지을 수 있겠다고 생각했다. 하지만 이번에 유령이 어느 쪽 휘장을 걷어 젖힐지 생각하다가 등골이 오싹해진 스크루지는 직접 모든 휘장을 한쪽으로 밀어놓았다. 스크루지는 다시 자리에 누워 침대 주변을 예의 주시했다. 그는 유령이 나타난 순간 놀라거나 긴장하고 싶지 않았다.

이른바 무허가 술집 같은 곳에 드나드는 남자들은 자신은 세상을 알 만큼 알고 있고, 못 당할 일이 없다고 허풍을 떨곤 한다. 이런 남자들은 동전치기부터 살인까지 무슨 일이든 잘한다고 떠들어 대면서 자신이 만능 재주꾼임을 표방하며 으스댄다. 하지만 생각해 보면 양극단을 달리는 이 두 가지의 경우 사이에는 분명 어마어마하게 다양하고 광범위한 사건들이 존재한다. 물론 스크루지가 이처럼 용감무쌍하게 모험에 나서본 적은 없었다. 그렇기에 스크루지가 그 어떤 요상한 존재가 나타나도 놀리지 않을 자신이 있었으며 아기부터 코뿔소에 이르기까지 그 어떤 것이 나타나도 그다지 놀라지 않았을 거라는 말에 동의하지 않는다고 해도 놀랄 일이 아니었다.

스크루지는 무엇이 나타나든 마주할 준비를 했다. 하지만 아무것도 나타나지 않는 상황에는 전혀 준비가 되어 있지 않았다. 그래서 종이 한 번 울렸는데도 아무런 형상이 나타나지 않자 몸이 걷잡을 수 없이 벌벌 떨려왔다. 5분, 10분, 15분, 시간이 지나도 아무 일도 일어나지 않았다. 시계가 정각을 알리는 순간, 이글이글 붉게 타오르는 불꽃이 스크루지가 누워 있던 침대를 에워쌌다. 그 불꽃은 어두운 방 안을 비추는 유일한 빛이었던 데다 그 빛이 무엇을 뜻하는지 혹은 무엇을 노릴지 전혀 알 길이 없었기 때문에, 스크루지는 유령 열두 명보다 그 빛이 더 무서웠다. 게다가 바로 그 순간 자연발화로 죽어 사람들의 흥밋거리가 될지도 모른다는 생각에 불안해지기까지 했다. 자신이 죽어 다른 사람들의 입에 오르내리는 걸 미리 알고 있다고 해서 그다지 위안이 되지는 않았다. 그러다 마침내 스크루지는 머리를 굴리기 시작했다. 여러분이나 나라면 처음부터 차근차근 생각을 했을 테지만, 애초에 곤경에 처한 당사자는 적절한 해결책을 생각해내지도 못할 뿐더러 해결책을 알아냈다 한들 실천하지도 못하는 법이다. 아무튼 스크루지는 이 유령 같은 불빛이 옆방에서 흘러나온 것일지도 모른다는 생각에 다다랐고, 빛의 출처를 눈으로 쫓아가 보니 옆방이 맞는 것 같았다. 이런 생각에 사로잡힌 스크루지는 가만히 일어나 실내화를 신고 문 쪽으로 슬금슬금 다가갔다.

스크루지가 자물쇠에 손을 댄 순간, 이상한 목소리가 스크루지의 이름을 부르며 방 안으로 들어오라고 명령

했다. 스크루지는 순순히 목소리가 시키는 대로 했다.

그 방은 스크루지의 방이었다. 틀림없는 사실이었다. 그런데 전혀 다른 방으로 바뀌어 있었다. 벽과 천장에 온통 녹색 식물이 늘어져 있어 꼭 작은 숲처럼 보였고, 식물마다 광택 나는 열매가 반짝거리며 매달려 있었다. 호랑가시나무, 겨우살이, 담쟁이덩굴의 싱싱한 나뭇잎에 불빛이 반사되어 마치 작은 거울 수십 개를 여기저기 흩뿌려 놓은 것 같았다. 벽난로에는 힘찬 불길이 활활 굴뚝을 타고 높이 치솟고 있었다. 오래전부터 벽난로는 스크루지와 말리가 겨울을 보내는 동안 거센 불길을 맞아본 적이 한 번도 없어서 항상 싸늘하게 돌벽처럼 그 자리에 있었을 뿐이었다. 바닥에는 칠면조, 거위, 사냥으로 잡은 짐승, 닭, 머리 고기, 큼직한 고깃덩어리, 애저구이, 기다란 소시지 똬리, 다진 고기로 만든 파이, 건포도 푸딩,* 통에 담긴 굴, 따끈따끈한 밤, 새빨간

* 'plum'은 원래 자두이지만 빅토리아 시대 이전에는 건포도를 'plum'이라 불렀다고 한다. 영국에서는 크리스마스 요리로 '크리스마스 푸딩'이라고도 부른다.

사과, 군침 도는 오렌지, 달콤한 배, 거대한 주현절* 축하 케이크가 왕좌의 모양새로 높게 쌓여 있었다. 뜨거운 펀치에서 피어오르는 향긋한 연기가 방 안을 가득 채웠다. 소파 위에는 한 거인이 즐거운 표정으로 아주 편안하게 앉아 있었는데 활활 타오르는 횃불을 지니고 있어 위용이 넘쳐 보였다. 스크루지가 문 너머를 기웃거리자 거인이 풍요를 상징하는 뿔 모양과 비슷해 보이는 횃불을 높이 쳐들어 스크루지를 비추었다.

"들어와! 들어와서 친해져 보자꾸나."

유령이 외쳤다.

스크루지는 주저하다가 방 안으로 들어가 거대한 유령 앞에 머리를 조아렸다. 스크루지는 이제 예전처럼 고집 센 영감이 아니었다. 유령의 눈은 초롱초롱하고 상냥했지만 스크루지는 그 눈을 마주하고 싶지 않았다.

"나는 현재의 크리스마스 유령이다. 얼굴을 들거라."

유령이 스크루지에게 말했다.

---

* 교회에서 행하는 1월 6일의 축일을 뜻한다. 예수가 서른번째 생일에 세례 요한에게 세례를 받고 하나님의 아들로 공증을 받았음을 기념하는 날이다.

스크루지는 공손히 유령의 말을 따랐다. 유령은 테두리에 흰색 털을 두른 녹색 가운인지 망토인지 모를 옷을 입고 있었다. 옷이 어찌나 헐렁하던지 유령의 넓은 가슴팍이 훤히 드러났다. 인위적으로 몸을 보호하거나 가리는 것을 수치스럽게 여기기라도 하는 듯했다. 풍성한 옷 주름 아래로 드러난 발은 맨발이었으며, 머리에는 여기저기 반짝거리는 고드름이 달린 호랑가시나무 화관 말고는 아무것도 걸치지 않았다. 기다란 흑갈색 곱슬머리는 제멋대로 늘어져 있었다. 머리카락은 상냥한 얼굴, 빛나는 눈, 쫙 편 손, 활기찬 목소리, 거리낌 없는 태도, 즐거운 분위기만큼이나 자유로워 보였다. 허리에는 고풍스러운 칼집을 차고 있었는데, 칼집 안에 칼은 없었으며* 오래된 탓에 녹이 슬어 있었다.

"나같은 유령은 한 번도 본 적이 없는 거야?"

유령이 큰 소리로 물었다.

"예, 한 번도 없습니다."

"우리 식구들 중에 어린 축에 속하는 이들하고 만나

---

* 평화의 임금, 즉 그리스도를 표현한 것이다.

본 적이 없는가? 무슨 뜻이냐면, 나도 아주 어리지만 우리 형들도 요 근래 태어나 나이가 어린 편이거든."

"그런 적은 없는 것 같은데요. 유감스럽지만 없습니다. 형제분들이 많으신가요, 유령님?"

"천팔백 명도 넘지."

"먹여 살리려면 등골 빠지겠군."

스크루지가 혼잣말로 중얼거렸다.

현재의 크리스마스 유령이 자리에서 일어섰다.

"유령님, 어디든 데려가 주십시오. 어젯밤에 억지로 끌려다니긴 했지만 교훈을 많이 얻었습니다. 어제 배운 교훈이 이제야 효력을 발휘하네요. 오늘 밤, 저를 호되게 혼내실 거면 거기서 뭔가를 깨달을 수 있게 해주십시오."

"내 옷자락을 잡도록 해."

스크루지는 유령이 시키는 대로 옷자락을 꼭 붙잡았다.

호랑가시나무, 겨우살이, 빨간 열매, 담쟁이덩굴, 칠면조, 거위, 사냥으로 잡은 짐승, 닭, 머리 고기, 돼지, 소시지, 굴, 파이, 푸딩, 과일, 펀치가 순식간에 눈앞에서 사라졌다. 숲속 같던 방도, 활활 타던 불길도, 불그스름한 불빛도, 밤이라는 시간도 모두 사라졌다. 유령과 스크루지는 어느새 크리스마스 당일 아침 거리에 서 있었다. 추운 날씨에도 불구하고 사람들은 집 앞 인도와 지붕 위에 얼어붙은 눈을 긁어내면서 거칠지만 활기차고 흥겨운 소리를 냈다. 남자아이들은 얼어붙은 눈이 아래로 떨어지면서 일으키는 작은 눈보라를 지켜보는 것만으로 마냥 신나했다.

지붕에 곱게 쌓인 눈은 물론 땅 위에서 더러워진 눈과 대비되어, 집은 더욱더 시커매보였고 창문 또한 칠흑같이 어두워보였다. 눈이 쌓인 길에는 수레와 짐마차의 무거운 바퀴가 지나가면서 깊은 고랑이 생겼다. 길이 여러 갈래로 나뉘는 큰길에서는 고랑이 수백 번 엇갈리고 또 엇갈려서 구불구불 복잡한 수로가 여럿 생겼는데, 질퍽질퍽한 누런 진흙과 눈이 녹아 생긴 물 때문에 제대로 길을 따라가기가 힘들었다. 하늘은 한껏 어두워졌고 짧은 골목들도 반은 녹고 반은 얼어붙은 우중충한 안개 때문에 한 치 앞이 안 보였다. 우중충한 안개 중 굵은 입자는 검댕이 알갱이가 되어 소나기처럼 내렸고, 영국 내 모든 굴뚝이 약속이라도 한 듯 불길을 뿜어

Scrooge's third Visitor.

스크루지의 세 번째 방문자

London. Chapman & Hall. 186, Strand.

내며 시커먼 재를 토해내는 것 같았다. 날씨나 도시에 기운을 북돋을 만한 것은 아무것도 없었지만, 이곳의 대기에는 가장 쾌청한 여름 공기와 가장 눈부신 여름 햇살이 애를 써도 못 미칠 만큼 활기가 넘쳐났다.

지붕 위에서 삽으로 눈을 치우는 동안에도 사람들은 즐겁고 신이 나 있었다. 지붕 난간에서 큰 소리로 떠들면서 이따금 서로에게 장난삼아 눈뭉치를 던지기도 했다. 좋은 의도로 던진 눈덩이는 장황한 농담보다 훨씬 나은 법이었다. 사람들은 눈덩이가 명중하면 명중하는 대로 배꼽을 잡고 웃었고 눈덩이가 빗나가도 빗나가는 대로 즐거운 듯 웃었다.

가금류를 파는 상점은 아직까지 반쯤 문을 열어둔 상태였고 과일 가게의 과일들은 윤기로 환하게 빛났다. 유쾌한 노신사의 조끼처럼 생긴 둥글고 커다랗고 불룩한 바구니에 담겨 있던 알밤은 너무 수북하게 쌓여 있어서, 이따금 길가로 떼굴떼굴 굴러가기도 했다. 붉은 빛이 도는 껍질에 알이 굵은 스페인 양파는 스페인 수도사처럼 통통하게 살이 올라 반짝반짝 윤이 났는데, 선반 위에 자리를 잡고 앉아 겨우살이 장식을 수줍게

힐끔거리며 지나가는 소녀들에게 음흉한 윙크를 날리는 듯했다. 배와 사과는 완벽한 피라미드 모양으로 높이 쌓여 있었고, 포도송이는 가게 주인이 지나가는 사람들에게 군침이라도 공짜로 흘리라고 인심을 쓴 듯이 가장 잘 보이는 자리에 대롱대롱 매달려 있었다. 이끼 낀 갈색 개암나무 열매 더미의 향기는 오래전 숲속을 걸으며 발목까지 차오른 낙엽을 기분 좋게 밟던 때를 떠올리게 했다. 작고 검붉은 노퍽산(産) 사과*는 빽빽하게 쌓인 속이 꽉 찬 샛노란 오렌지와 레몬 사이로 진열되어 있었다. 그 노퍽산 사과는 어서 빨리 자신을 종이봉투에 담아 집으로 가져가서 저녁 식사 후에 먹어달라고 애원하는 것 같았다. 이처럼 다양한 과일 사이에 놓인 어항에는 금빛과 은빛의 물고기가 담겨 있었다. 그 물고기들은 어항에 갇혀 지냈기에 아둔하고 세상을 잘 모르는 족속이었지만, 오늘이 무슨 날인지 정도는 알고 있다는 듯이 느릿느릿하고 무덤덤하지만 기분좋게 아가미를 뻐끔거리며 좁은 어항 안을 헤엄쳐 돌고 또 돌

* 구운 사과를 말한다. 보통 케이크처럼 평평한 모양으로 만들며 특히 노퍽 지방에서 많이 생산된다고 한다.

왔다.

아, 식료품점! 덧문을 한두 개 내려 폐점 직전이지만 틈새로 보이는 광경이란! 계산대 위 저울접시가 내려갈 때 저울추가 딸랑딸랑 울리는 소리, 노끈이 노끈 감아놓은 원통에서 주르륵주르륵 기운차게 풀리는 모습, 차나 향신료 등을 담아 둔 깡통이 위 아래로 흔들리며 달그락거리는 소리, 코를 킁킁거리게 하는 차와 커피의 향긋한 냄새, 잔뜩 쌓여있는 최상품 건포도, 새하얀 아몬드, 기다랗게 쭉 뻗은 막대 계피, 군침을 돌게 하는 여러 향신료, 설탕에 조린 다음 녹인 설탕물을 두껍게 발라놓은 과일 등등. 이것들이 힘을 합쳐 제 아무리 시큰둥한 구경꾼이라도 그냥 지나칠 수 없게끔 그들의 정신을 아득하게 만들었다. 무화과는 촉촉하고 부드러웠고 적당히 새콤한 프랑스산 자두는 고급스럽게 장식한 상자 안에서 수줍은 듯 얼굴을 붉히고 있었다. 그밖에도 이런저런 음식이 크리스마스 장식을 두른 채 먹음직스러운 자태를 뽐내고 있었다.

손님들 또한 크리스마스에 하고자 했던 계획에 정신이 팔려 마음이 급하고 정신이 없어서, 문간에서 서로

부딪쳐 고리버들로 만든 바구니를 망가트리기도 하고 계산대 위에 산 물건을 두고 갔다가 황급히 달려와 가지고 가는 등 이와 비슷한 실수를 했고, 그런 실수를 다들 기분좋게 넘겼다. 식료품점 주인과 점원들은 어찌나 솔직하고 활기가 넘치던지, 등 뒤로 앞치마를 단단히 고정시킨 하트 모양 금속 단추는 꼭 각자의 진짜 심장 같아서 누구에게나 보여주려고 내놓은 듯했으며 크리스마스 갈까마귀더러* 쪼아 먹으라고 밖에 달아놓은 것 같기도 했다.

그러다 곧 교회 첨탑이 선량한 사람들을 모두 교회와 예배당으로 불러들였고, 사람들은 제일 좋은 옷을 차려입고 만면에 기뻐하는 얼굴빛을 띤 채 거리로 우르르 몰려나와 교회로 향했다. 그와 동시에 수많은 뒷골목, 좁은 길, 이름도 없는 갈림길에서 사람들이 몰려나왔고 그들은 저녁거리를 들고 빵가게로 향했다.** 가난하

---

* 오셀로의 구절, '난 내 심장을 소매 위에 달고 다니며 / 갈까마귀에게 쪼아 먹힐 테니 말이오'를 말한다.

** 대부분의 가정에 화덕이 없었기 때문에 당시에는 저녁거리를 빵가게로 가지고 가서 익혔다.

지만 웃고 있는 이 사람들을 보고 유령은 크나큰 흥미를 느꼈다. 스크루지와 나란히 빵가게 출입구에 서 있는 동안, 유령은 저녁거리를 들고 온 사람들이 지나갈 때마다 덮개를 벗기고 자신이 들고 있던 횃불에서 꺼낸 향료를 저녁거리에 뿌려주었다. 그 횃불은 보통 횃불이 아니었다. 저녁거리를 들고 온 사람들이 서로 거칠게 떠밀다가 싸움이 두어 번 났는데, 유령이 횃불에서 나온 물 몇 방울을 그 사람들에게 떨어뜨리자마자 언제 그랬냐는 듯 그들은 다시 기분이 좋아져 있었다. 그 사람들이 하는 말을 들어보니, 크리스마스에 싸우는 건 부끄러운 짓이라는 것이었다. 맞는 말이었다. 하느님이 사랑해 마지않는 크리스마스가 아닌가!

이윽고 종소리가 멎자 빵집들도 문을 닫았다. 하지만 저녁거리가 빠짐없이 잘 구워지고 있다는 좋은 조짐이 있었으니, 그것은 바로 빵집마다 훈훈해진 화덕 위로 녹아내린 얼룩덜룩한 물기였다. 화덕의 돌들에서도 음식이 잘 구워지고 있다는 걸 보여주기라도 하듯 연기가 모락모락 피어올랐다.

"유령님이 들고 계신 횃불에서 뿌린 물에 무슨 특별

한 향료라도 들어 있나요?"

스크루지가 유령에게 물었다.

"있지. 나만의 특제 향료가."

"오늘 저녁으로 먹을 어떤 음식이든지 그 향료를 뿌리실 건가요?"

"상냥한 마음으로 차리는 저녁이라면 어느 것이든지. 특히 가난한 사람들의 저녁에는 가장 많이 뿌릴 거야."

"어째서요?"

"그 사람들한테 제일 필요하니까."

"유령님, 제가 궁금해서 그러는데요, 우리 인간 세상의 하고 많은 존재 중에서 하필 왜 가난한 사람들이 소박하게 누리는 기회에 재를 뿌리려 하시는지요?"

스크루지가 잠시 생각하다가 유령에게 물었다.

"내가?"

유령이 되물었다.

"유령님께서는 매주 일요일 저녁 시간을 앗아가시잖습니까. 그때가 유일하게 온전한 저녁을 할 수 있는 시간인데요. 그렇잖습니까."

"내가 그렇게 했다는 말인가?"

"유령님은 일요일마다 이 가게들에게 문을 닫으라고 하셨지 않습니까. 그러니까 그게 그 뜻이잖아요."

"내가 그렇게 했다고?"

유령이 스크루지의 말을 듣고 소리쳤다.

"제 말이 틀렸으면 용서해 주십시오. 이는 유령님의 이름, 아니 적어도 유령님 가족 중 누군가의 이름으로 이루어지고 있습니다."

"네가 사는 세상에서는 우리를 잘 안다고 주장하면서 우리 이름으로 자기들의 욕정, 교만, 악의, 증오, 시기, 편견, 이기심을 행동에 옮기는 자들이 있어. 하지만 우리나 우리 일가친척들은 그렇게 말하고 다니는 사람들이 너무나도 생소하지, 그런 사람들이 있었나 싶을 정도로 말이야. 명심해, 그런 사람들이 저지른 짓에 대해서는 그 사람들을 비난해야지 우리를 탓해서는 안 된다."

스크루지는 유령의 말을 듣고 그렇게 하겠다고 유령에게 약속했다. 둘은 지금까지 해왔던 것처럼 남들 눈에 보이지 않게 도시 근교로 갔다. 스크루지가 빵가게에서 가만히 지켜본 바에 따르면 유령에게는 뛰어난 자질이 하나 있었는데, 거인 같은 몸집에도 불구하고 어느 곳이든 손쉽게 잘 들어간다는 것이었다. 게다가 낮은 지붕인 곳에서도 초자연적인 존재답게 천장이 아주 높은 대저택에서처럼 기품 있게 서 있을 수도 있었다.

유령이 스크루지를 데리고 곧장 스크루지의 사무실에서 일하는 서기가 사는 집으로 간 이유는, 아마도 유령이 자신의 능력을 과시하는 데서 재미를 느끼기 때문이거나 친절하고 인자하고 따뜻한 천성과 가난한 사람들 모두에 대한 측은지심 때문이었을 것이다. 왜냐하면 유령은 자신의 옷자락을 붙잡고 있는 스크루지를 데리고 서기의 집에 갔을 때, 문지방에서 미소를 지으며 멈춰 서서 밥 크래칫의 집에 놓인 횃불에 물을 뿌려주었기 때문이다. 여러분도 한 번 생각해 보라. 서기인 밥 크래칫은 일주일에 겨우 15밥*밖에 벌지 못했다. 매주 토요일 제 이름과 같은 동전 고작 열다섯 개를 주머니에 챙길 뿐이다. 현재의 크리스마스 유령은 그런 밥의 방 네 칸짜리 집에 축복을 내린 것이다.

그때 밥 크래칫의 부인이 자리에서 일어났다. 그녀

---

* 15실링을 말한다.

는 두 번이나 안팎으로 뒤집어 입은 낡은 드레스를 입고 있었다. 리본만은 꽤 멋들어졌는데, 6펜스짜리 치고는 제법 그럴싸해 보였다. 크래칫의 부인이 자신과 마찬가지로 멋들어진 리본을 달고 있는 둘째 딸 벨린다 크래칫의 도움을 받아 식탁을 차렸다. 그동안 피터 크래칫 군은 냄비 속의 감자를 포크로 찔러 보고 있었다. 말도 못하게 큰 셔츠(원래 밥의 셔츠였던 것을 크리스마스 기념으로 아들이자 상속자인 피터에게 준 것이다)의 깃이 입 주변에 거치적거렸지만 피터는 어엿하게 차려입은 스스로의 모습이 너무 뿌듯해서 이 셔츠를 멋쟁이들이 모이는 공원에 가서 자랑하고 싶은 마음이 굴뚝같았다. 피터보다 나이가 더 어린 크래칫 집안의 두 남매는 신이 난 모습으로 집 안으로 들어왔다. 남매는 빵가게 바깥에서 거위 고기 냄새를 맡았는데, 그 거위가 우리 집 거위라는 걸 알았다며 소리를 질러댔다. 세이지와 양파로 만든 호화스러운 음식 생각에 푹 빠져있던 어린 두 남매는 식탁 주변에서 덩실덩실 춤을 추며 피터를 보고는 입에 침이 마르게 칭찬했다. 그동안 피터(옷깃 때문에 숨이 막혀 죽기 직전임에도 그다지 우쭐하지는 않았던)는 서서히

끓어오르던 감자들이 어서 자신들을 냄비에서 꺼내 껍질을 벗겨달라고 냄비 뚜껑을 요란하게 흔들어댈 때까지 불길에 입바람을 후후 불었다.

"사랑하는 너희들 아버지는 어디 계실까? 네 동생 꼬마 팀은? 마사도 크리스마스 날 30분이나 늦은 적은 없었는데."

크래칫 부인이 말했다.

"저 왔어요, 어머니."

한 소녀가 그녀의 말이 끝나자마자 나타났다.

"마사가 왔어요, 엄마! 우와, 신난다! 거위 요리가 끝내줘, 마사!"

크래칫 집안의 어린 두 남매가 흥분해서 외쳤다.

"깜짝 놀랐잖니, 얘야, 왜 이렇게 늦었어!"

크래칫 부인은 딸에게 수도 없이 입을 맞춘 뒤 딸의 숄과 보닛을 야단스럽게 벗겨주었다.

"어젯밤까지 끝내야 할 일이 많아서 오늘 아침까지 정리를 해야 했어요, 어머니."

소녀가 어머니의 말에 대답했다.

"아이고! 이렇게 집에 왔으니 됐다. 불 앞에 앉아서

몸 좀 녹이렴, 아가."

크레칫 부인이 말했다.

"안 돼요, 저기 아빠가 오신단 말이야. 숨어, 마사, 숨어!"

크래칫 집안의 어린 두 남매가 어느새 나타나 소리쳤다.

마사가 몸을 숨겼고 뒤이어 자그마한 체구의 아버지 밥이 양끝 술 장식을 제외해도 1미터는 족히 넘을 법한 털목도리를 두른 채 집 안으로 들어왔다. 닳아빠진 옷은 명절에 어울리도록 깁고 솔질을 해놓은 티가 났다. 꼬마 팀은 아버지의 어깨에 올라앉았다. 가엾은 팀은 작은 목발을 짚고 양쪽 다리에 보철을 채운 상태였다.

"아니, 우리 마사는 어디 있는 거야?"

밥 크래칫이 주위를 두리번거리며 소리쳤다.

"못 온대요."

크래칫 부인이 대답했다.

"못 온다고! 크리스마스인데 집엘 못 온다고?"

잔뜩 들떠 있던 밥의 목소리가 갑자기 푹 가라앉았다. 그도 그럴 것이 밥은 교회에서부터 집까지 줄곧 팀의 말이 되어 한달음에 달려왔던 상태였다.

마사는 제 아버지가 장난 때문에 실망하는 모습을 보고 싶지 않았다. 그래서 계획했던 것보다 빨리 벽장문 뒤에서 뛰쳐나와 제 아버지의 품으로 달려들었다. 그동안 크래칫 집안의 어린 두 남매는 서둘러 꼬마 팀을 세탁장으로 데리고 갔다. 그곳에 놓아둔 구리 냄비에 귀를 기울이면 푸딩이 익는 소리를 들을 수 있었기 때문이었다.*

"우리 꼬마 팀은 얌전하게 잘 있었나요?"

크래칫 부인이 감쪽같이 속아 넘어간 남편을 놀리며 물었다. 밥이 자기 딸 마사를 한참이나 끌어안으며 대답했다.

"아주 얌전했지. 전보다 더 얌전해진 것 같았어. 어떻게 된 일인지 녀석이 생각하는 깊이가 점점 깊어지나 보더라고. 혼자 앉아있어 버릇하더니 별 이상한 생각을 하는 것 같기도 하고……. 아까 집에 오는 길에는 글쎄

---

* 세탁장은 세탁을 하는 장소로, 여러 가정이 함께 쓰는 경우가 많았다. 세탁장에서 '푸딩이 익는 소리를 들을 수 있다'고 한 것은 모든 가정이 화덕을 갖추고 있던 것이 아니어서 세탁장에 있는 세탁용 보일러의 화력을 요리에 쓰는 일이 많았기 때문이다.

교회에서 사람들이 자길 봐줬으면 좋겠다는 거요. 사람들이 다리를 못 쓰는 자기 모습을 보면 절름발이 거지를 걷게 하고, 장님을 눈 뜨게 한 게 누군지를 떠올리게 될 테니 그렇게 되면 크리스마스가 더 뜻깊어지지 않겠냐는 거야."

이 이야기를 들려주는 밥의 목소리는 가늘게 떨렸다. 그러다가 꼬마 팀이 나날이 힘세고 마음 따뜻한 사람이 되어가고 있다고 말할 때는 목소리가 더더욱 떨렸다.

때마침 작은 목발이 열심히 바닥을 짚는 소리가 들리더니, 다른 이야기를 꺼내기 전에 형과 누나의 호위를 받으며 팀이 걸어들어와 난로 앞 의자에 앉았다. 그 동안 밥은 소매를 걷어 올리고(아아, 딱한 사람, 마치 더 닳아 해질 구석이 남아있기라도 하다는 듯) 진과 레몬이 든 주전자에 뜨거운 혼합물을 섞어 휘저은 다음 벽난로 시렁 위에 올려놓고 뭉근하게 끓이기 시작했다. 피터와 함께 동에 번쩍 서에 번쩍하는 어린 두 남매는 거위 요리를 가지러 갔다가 곧이어 의기양양한 모습으로 돌아왔다.

이런 난리법석을 보고 여러분은 거위가 모든 새 중 가장 희귀한 새인 모양이라고 생각했을지도 모르겠다.

흑고니가 평범한 존재로 여겨질 정도로 거위는 깃털 달린 영물인가 하고 말이다. 사실 이 집에서만큼은 거위가 그런 존재였다. 크래칫 부인은 육수(작은 냄비에 미리 준비해 두었다)를 보글보글 끓였다. 피터는 기운차게 감자를 으깼고, 벨린다 양은 애플 소스에 설탕을 넣었고 마사는 따끈하게 예열해 두었던 접시를 닦았다. 밥은 꼬마 팀을 식탁으로 데려가 자기 옆 귀퉁이 자리에 앉혔다. 어린 두 남매는 모두가 앉을 의자를 챙겨 놓았고 자신들이 앉을 의자도 잊지 않았다. 그리고 각자 자기 자리를 지키고 앉아 차례가 오기 전에 거위를 달라고 소리를 지르지 못하도록 숟가락을 입안에 쑤셔 넣었다. 마침내 식탁에 모든 식사가 차려졌고 감사 기도를 마쳤다. 곧이어 크래칫 부인이 고기를 작게 자르는 칼을 쓱 훑어보고는 거위의 가슴에 칼을 푹 꽂으려는 찰나, 모두가 숨을 죽였다. 이윽고 거위 가슴에 칼이 꽂히자 그토록 고대하던 거위 속이 터져 나왔다. 환희의 탄성이 사방에서 흘러나와 그렇잖아도 어린 두 남매 때문에 이미 흥분한 꼬마 팀도 칼자루로 식탁을 두드리며 들릴 듯 말 듯 '만세!'를 외쳤다.

그런 거위 요리는 처음이었다. 밥은 지금껏 그런 거위 요리를 맛본 적이 없다고 평했다. 부드러운 풍미에 큼지막한 데다 저렴하다며 모두들 입에 침이 마르게 칭찬을 했다. 애플 소스와 으깬 감자까지 곁들이니 거위 요리는 온 가족이 저녁으로 먹기에 더없이 푸짐했다. 크래칫 부인이(접시 위에 놓인 아주 작은 뼛조각 하나를 보며) 거위 고기를 마지막까지 다 먹진 못했다며 기쁨에 겨워 말했다. 그럼에도 모두가 배부르게 먹었고, 특히 크래칫 집안의 남매는 끝까지 세이지와 양파를 얼굴을 파묻고 정신없이 먹어댔다. 벨린다 양이 접시를 새것으로 바꾸는 동안, 크래칫 부인은 누가 푸딩을 가지고 들어오는 모습을 보기라도 할까봐 긴장하면서 슬그머니 식당을 나가 푸딩을 가지러 나갔다왔다. 푸딩이 덜 익었으면 어쩌나? 푸딩을 꺼내다가 망가뜨리기라도 하면 어쩌지? 온 가족이 거위 고기를 맛있게 먹는 동안 누군가 뒷마당 담장을 타넘어 푸딩을 훔쳐가기라도 했으면 어쩌지? 그랬다가는 어린 두 남매의 얼굴이 사색이 될 터였다. 별의별 끔찍한 생각이 다 들었다.

휴우! 푸딩을 무사히 구리 냄비에서 꺼내왔다. 푸딩

에선 김이 모락모락 피어올랐고 빨래하는 날 맡을 법한 냄새가 났다. 그것은 빨랫감과 같은 냄새였다! 나란히 위치한 식당과 페이스트리 가게 옆에 있는 세탁소에서 날 것 같은 냄새였다! 딱 푸딩 냄새였다. 상기된 얼굴에 흐뭇한 미소를 보이며 크래칫 부인이 들어왔다. 부인은 얼룩덜룩한 대포알처럼 단단하고 탱탱한 푸딩에 브랜디를 약간 뿌린 후 불을 붙이고 호랑가시나무 장식을 꼭대기에 꽂았다.

아, 기막힌 푸딩이군! 밥 크래칫이 차분한 말투로 결혼 후 크래칫 부인이 만든 푸딩 중에 가장 성공적인 푸딩이라 평했다. 크래칫 부인은 마음의 짐을 내려놓을 수 있게 되었다며 그동안 밀가루 양이 정확했는지 아닌지 불안했었노라고 털어놓았다. 모두들 푸딩에 대해 한마디씩 칭찬을 했고 푸딩이 식구 수에 비해 너무 적다는 말은 하지 않았다. 식구 중 누구도 그렇게 생각한 사람이 없었다. 혹시라도 그런 말을 입 밖에 냈다가는 이단자 취급을 받았을 것이다. 크래칫 식구라면 누군가가 그런 말을 할 것 같은 낌새만 비쳐도 얼굴을 붉혔을 것이다.

마침내 저녁 식사가 끝나고 크래칫 가족들은 식탁을 치웠다. 벽난로 주변을 빗자루로 쓴 다음 꺼져가는 불길을 살렸다. 그런 뒤 밥이 방금 만들었던 주전자 안에 음료의 맛을 보고 완벽하다고 칭찬했고, 사과와 오렌지를 식탁 위에 올려놓고 한 삽 가득 밤을 담아 불 위에 얹었다. 잠시 후 크래칫 집안의 온 가족이 난로 주위에 모였다. 밥 크래칫이 '동그랗게' 앉았다고 했지만 실상 그들의 모습은 반원의 형태에 더 가까웠다. 밥의 앞에 집안에 있는 모든 종류의 잔들이 놓여졌다. 텀블러 두 개, 손잡이 없는 커스터드용 컵 하나가 전부지만 그것들은 주전자에서 따른 뜨거운 액체를 황금으로 만든 잔 못지않게 잘 담아냈다. 밥이 싱글벙글 웃으며 모두에게 마실 것을 따르는 동안 난로 속에 넣어둔 알밤이 탁탁 요란한 소리를 내며 터졌다. 밥이 건배를 제안했다.

"사랑하는 우리 가족 모두에게 메리 크리스마스! 하느님 저희 가족에게 축복을 내려주소서!"

온 가족이 그의 말을 따라했다.

"하느님 저희 가족에게 축복을 내려주소서!"

꼬마 팀이 마지막으로 말했다.

꼬마 팀은 제 아버지가 앉아 있는 바로 곁에 놓인 작은 의자에 앉아있었다. 밥은 사랑하는 아이를 언제까지나 곁에 두고 싶고, 빼앗길까봐 두렵다는 듯 작고 야윈 팀의 손을 꼭 잡았다.

"유령님, 꼬마 팀이 계속 살 수 있는지 알려 주십시오."

스크루지가 생전 처음 관심을 보이며 물었다.

"저기 빈자리가 하나 보이는데. 저기 초라한 벽난로 귀퉁이에 자리 하나가 있지. 그 옆에 주인 잃은 목발도 고이 놓여 있어. 이 환영이 미래에도 바뀌지 않고 그대로라면 저 아이는 죽을거야."

"안 돼요, 안 돼. 오, 안 돼요, 친절한 유령님! 저 아이가 죽음을 면할 거라고 말씀해 주십시오!"

"이 환영이 미래에도 바뀌지 않고 그대로라면, 우리 종족 중 그 누구도 저 아이를 여기서 보지 못할 거다. 그렇다고 한들 어떻다는 거지? 어차피 죽을 아이라면 죽어서 잉여 인구나 줄이는 편이 낫지 않겠나."

스크루지는 유령이 일전에 자신이 했던 말을 그대로 되풀이하는 것을 듣고 참회와 비탄에 빠졌다.

"인간아, 네가 목석이 아니라 심장이 있는 인간이라

면 잉여 인구가 누구를 말하는지, 잉여 인구가 어디에 존재하는지 알지도 못하면서 그런 막말을 해서는 안 되는 거란다. 네가 뭔데 인간의 생사를 결정하겠다는 거지? 하늘에서 보면 저렇게 불쌍한 남자의 아이와 같은 수백만 명보다 네가 훨씬 살 가치도 없고 쓸모없는 인간일지도 몰라. 오, 신이시여! 잎사귀 위의 벌레 주제에 흙먼지 속에서 굶주리고 있는 자기 형제들을 보며 생명이 너무 많이 남아돈다고 떠벌리는 그 벌레의 말을 들어야 하다니."

스크루지는 유령의 꾸짖음을 듣고는 고개를 푹 숙이고 시선을 바닥에 고정했다. 그러다 자기 이름을 부르는 소리를 듣고 고개를 번쩍 들어올렸다.

"스크루지 사장님을 위해. 사장님 덕분에 우리 가족이 오늘의 만찬을 즐길 수 있었습니다."

밥이 외쳤다.

"그 사람 덕분에 오늘의 만찬을 즐겼다고요? 그 영감이 지금 이 자리에 없는 게 한이에요! 있으면 하고 싶은 말 실컷 퍼부을 텐데요. 욕이나 배불리 드셨으면 좋겠네요."

"여보, 애들이 듣겠어요! 오늘은 크리스마스잖소!"

"크리스마스는 크리스마스인가 보네요. 그렇게 밉살맞고 쩨쩨하고 매정하며 바늘로 찔러도 피 한 방울 안 나올 것 같은 스크루지 영감에게 건배를 다 보내는 걸 보니! 여보, 그 영감 인간성은 당신도 잘 알잖아요. 당신 아니면 누가 알겠어요. 불쌍한 노인네 같으니."

"여보, 오늘은 크리스마스잖아."

밥이 온화한 목소리로 부인을 다독였다.

"그러면 당신을 봐서, 또 크리스마스이기도 하니까 가만히 있겠어요. 그 영감이 좋아서가 아니라는 것만 알아요. 스크루지 영감님의 만수무강을 위해! 즐거운 크리스마스 되고 새해 복 많이 받으시길! 그 영감님 아주 잘 먹고 잘 살 거예요, 암요."

아이들도 어머니의 말에 따라 건배를 했다. 크래칫 가족은 매사에 진심을 다했지만, 이번 건배만큼은 예외였다. 꼬마 팀도 마지막으로 건배를 했지만 내용에는 조금도 의미를 두지 않았다. 스크루지는 크래칫 가족에게 괴물과도 같은 존재였다. 스크루지라는 이름을 입에 올린 것만으로 분위기에 어두운 그림자가 드리워졌고,

그 그림자를 떨치는 데만 꼬박 5분이 걸렸다.

그 순간이 지나가고 나서는 스크루지 영감 얘기를 끝냈다는 안도감만으로 모두 아까보다 열 배는 더 즐거운 시간을 보냈다. 밥 크래칫이 피터를 위해 일자리를 하나 봐두었는데, 취직만 되면 일주일에 무려 5실링 6펜스나 받게 될 거라고 식구들에게 얘기했다. 어린 두 남매는 피터가 어엿한 직장인이 된다는 생각에 배꼽을 잡고 웃었다. 당사자인 피터는 얼굴이 파묻힐 정도로 큰 셔츠의 옷깃에 얼굴을 묻고 생각에 잠겨 난롯불을 바라보았다. 마치 그 정도로 큰돈을 받으면 어떻게 써야 할지 고민하는 듯한 모습이었다. 이번에는 숙녀용 모자 가게에서 견습생으로 일하느라 얼마 못 버는 마사가 정확히 무슨 일을 했는지, 쉬지 않고 단숨에 몇 시간이나 일을 했는지 들려주면서 내일은 휴일이라 집에 있어도 되니 아침에는 작정하고 늦잠을 늘어지게 자겠다고 말했다. 또 며칠 전에는 모자 가게에서 어떤 백작부인과 귀족 남자를 보았는데, 그 남자가 피터 못지않게 키가 크더라고 말했다. 그러자 피터가 옷깃을 한껏 치켜세웠는데, 여러분이 설령 그 자리에 있었더라도 옷깃에 가려 피터의 얼굴을 보지 못했을 것이다. 이런저런 이야기를 주고받는 동안 군밤과 주전자가 끊임없이 크래칫 가족 사이를 오갔다. 그러다 가족들이 돌아가며 노래를 하나씩 불렀고, 꼬마 팀은 눈밭에서 헤매다 길을 잃은 아이에 대한 노래를 애잔한 목소리로 아주 잘 불렀다.

크래칫 가족의 모임에 남다른 점은 없었다. 그들이 특출나게 잘 생긴 것도 아니요, 옷을 잘 차려입은 것도 아니었다. 신발은 물을 전혀 막아주지 못했고 옷은 몸이나 겨우 가릴 정도의 수준이었다. 피터는 아마도, 아니 십중팔구 전당포가 어떤 곳인지 아주 잘 알고 있을 것이다. 그러나 크래칫 가족은 행복했고 감사할 줄 알았으며 서로 즐겁게 지내면서 그날그날에 만족했다. 크래칫 가족의 모습이 희미해졌지만 유령이 횃불로 뿌려준 환한 빛 속에서 그들은 더욱더 행복해 보였다. 스크루지는 크래칫 가족에게서 눈을 떼지 못했는데, 특히 꼬마 팀에게 마지막까지 눈길을 거두지 못했다.

이때쯤 날은 점점 어두워졌고 눈발도 굵어지고 있었다. 스크루지와 유령은 함께 거리를 걸었다. 거리에 줄지어 있는 집들의 주방과 거실과 온갖 방에서 활활 타오르는 난롯불은 눈이 부실 정도로 환하게 새어나왔다. 어떤 집에서는 일렁이는 불꽃으로 아늑한 저녁 식사를 준비하고 있었다. 접시를 불 앞에서 달궈 따끈따끈하게 데우고 있었던 것이다. 새빨간 커튼은 언제라도 추위와 어둠이 들어오지 못하게 창문을 가릴 준비가 되어 있었다. 또 다른 집에서는 결혼해서 집을 떠난 형제자매들, 사촌들, 삼촌들, 이모들에게 제일 먼저 인사를 하겠다고 아이들이 모두 우르르 눈밭으로 달려 나가고 있었다. 또 어떤 집에서는 커튼이 내려진 창문에 모처럼 모인 손님들의 그림자가 아른거렸다. 또 저쪽에서는 빠짐없이 모자를 쓰고 털신을 신은 어여쁜 아가씨들이 일제히 재잘거리며 근처의 이웃집으로 가벼운 발걸음을 옮기고 있었다. 그 집 총각은 아가씨들이 그 집에 들어오는 것을 보자 딱하게도 얼굴을 붉혔다. 하지만 여우같은 아가씨들은 총각이 그럴 줄 뻔히 알고 있었다.

화기애애한 모임에 가기 위해 길을 나선 사람들이 이렇게 많은 걸 보고는, 그 사람들이 도착할 집에 손님을 기다리며 굴뚝을 뚫을 기세로 불을 활활 피워놓은 채 반갑게 맞아줄 사람이 없을 거라고 생각할지도 모르겠다. 이런 사람들에게 축복을 내리며 유령이 얼마나 날아갈 듯 기뻐했는지 여러분은 모른다. 유령은 널따란 가슴팍을 드러내고 솥뚜껑만 한 손바닥을 쫙 펼친 채 둥둥 떠다니며 손닿는 곳마다 밝고 악의 없는 웃음을 후하게 퍼부었다. 가로등에 불을 밝히는 점등원이 어둑어둑한 거리를 등불로 점점이 밝히면서 앞으로, 앞으로 달리고 있었다. 어디에선가 저녁 시간을 보낼 요량으로 멋지게 차려입은 그 점등원은 유령 옆을 지나갈 때 호탕하게 웃었다. 하지만 오늘이 크리스마스라는 생각 외에 자신의 옆에 다른 동행이 있으리라고는 꿈에도 몰랐으리라.

유령은 스크루지에게 어디로 갈 것인지 한마디 귀띔도 해주지 않았다. 어느새 둘은 황량하고 적막한 황야에 서 있었다. 무시무시하게 크고 투박한 돌이 여기저기 널려 있는 모양이 꼭 거인의 무덤과도 같았다. 물은 어디든 제 마음대로 흘러갔고, 물을 꼼짝 못하게 가두고 있는 얼음만 아니라면 그렇게 계속 흘러갔을 것이었다. 황야에는 이끼와 가시 금작화, 무성한 잡초 말고는 아무것도 자라지 않았다. 저 아래 서쪽에서 뉘엿뉘엿지는 해는 불타듯 붉은 빛줄기를 남겼다. 이 빛줄기는 침울한 눈으로 황무지를 잠깐 동안 노려보더니, 눈살을 한없이 아래로 향하다가 급기야 칠흑 같은 한밤의 짙은 어둠 속으로 자취를 감췄다.

"여기가 어딥니까?"

스크루지가 물었다.

"저 아래 깊은 땅속에서 일하는 광부들이 사는 곳이다. 그래도 저들은 나를 알고 있다. 한 번 보라고!"

한 오두막 창에서 빛이 번쩍했고 유령과 스크루지는 부리나케 그쪽으로 다가갔다. 진흙과 돌로 지은 벽을 통과해 안을 살펴보니 활활 타는 불을 중심으로 사람들이 흥에 취한 채로 모여 있었다. 할아버지와 할머니, 자식과 손주들, 그 손주들의 자식까지 대대손손 모두 모여 크리스마스에 걸맞게 차려입고 있었다. 노인이 불모의 땅에 휘몰아치는 바람 소리에 묻혀 들릴 듯 말 듯한 목소리로 모두에게 크리스마스 노래를 불러주고 있었고, 손주들은 이따금 그 노래의 후렴을 함께 불렀다. 노인이 부른 노래는 어렸을 때 부르던 아주 오래된 노래였다. 손주들이 목청을 높이면 할아버지의 목소리도 제

법 쾌활하게 커졌고 손주들이 노래를 멈추면 할아버지의 목소리도 따라서 작아졌다.

유령은 이곳에 오래 머물지 않았고 곧바로 스크루지에게 옷자락을 꼭 붙들고 있으라고 이르고는 황야 위를 다시 휘휘 날았다. 이번엔 어디로 갈까? 바다는 아니겠지. 아니 바다잖아! 뒤를 돌아보니 오싹하게도 육지의 끝자락, 무시무시한 바위로 이루어진 산맥이 멀어지고 있었다. 우레 같은 파도 소리에 귀가 먹먹해졌다. 너울거리며 포효하는 파도는 자신이 깎아놓은 바위 동굴 틈에서 사나운 위세를 떨치며 육지를 허물어뜨리려는 듯 휘몰아쳤다.

해안에서 5킬로미터 정도 떨어진 곳에는 일 년 내내 거센 파도에 쓸리고 맞부딪쳐 물 밑으로 가라앉은 바위가 있는데, 그 암울한 암초 위에는 등대가 외로이 서 있었다. 등대 기슭에는 해초 더미가 다닥다닥 붙어 있었다. 해초가 물에서 나듯, 바람에서 자라난 게 아닌가 싶은 바다제비*가 자기들이 스치고 지나갔던 파도와 마찬

* 뱃사람들 사이에 폭풍우를 알리는 새로 알려져 있다.

가지로 해초 위를 오르내렸다.

이렇게 외진 곳에 등대를 지키는 두 남자가 불을 피워놓고 있었다. 두터운 돌벽에 난 작은 창을 통해 환한 빛줄기가 새어나와 살벌한 바다를 비췄다. 두 사람은 탁자 위로 굳은살이 박힌 손을 맞잡고 그로그*를 마시며 크리스마스를 즐겁게 보내라고 서로 빌어주었다. 그때 옛날 뱃머리 장식처럼 거친 날씨로 얼굴이 흉터 투성이인 노인이 강풍처럼 기운찬 노래를 부르기 시작했다.

유령은 다시 한번 검게 출렁이는 바다 위를 빠르게 날아 스크루지에게 말했던 것처럼 어느 해안에서 멀리 떨어진 바다에 다다라 어떤 배 한 척을 발견했다. 유령과 스크루지는 타륜을 잡은 키잡이, 뱃머리에서 망을 보는 선원, 보초를 서고 있는 장교들 옆으로 다가갔다. 그들은 각자 자기 자리에서 시커먼 유령처럼 서 있으면서도 모두들 하나같이 크리스마스 노래를 흥얼거리거나 크리스마스에 대한 생각을 하거나 예전에 있었던 크리스마스 얘기를 옆 사람에게 소곤소곤 속삭이다 자연스

---

* 럼주에 물을 섞은 술로, 영국 해군 배에서 만들었던 것이 유래라고 한다.

레 집으로 가고 싶다는 바람을 내비쳤다. 배에 타고 있는 사람은 누구든, 깨어 있든 잠들어 있든, 착하건 못 됐건, 일 년 중 그날만큼은 다른 사람들과 상냥한 말을 주고받으며 들뜬 기분을 조금이나마 함께 나눴다. 그들은 사랑하지만 지금 멀리 떨어져 있는 이들을 떠올렸고 그 사람들도 자신을 떠올리며 즐거워 할 거라고 믿었다.

스크루지는 신음소리 같은 바람 소리를 들으며 죽음만큼이나 심오해서 깊이를 알 수 없는 미지의 심연 위로 고독한 어둠을 헤치며 나아가다니 이 얼마나 경건한 일인가, 하고 생각하던 중이었다. 그때 깜짝 놀랄 만한 일이 생겼다. 이런 생각에 잠겨 있던 중에 호탕한 웃음소리가 들려왔던 것이다. 게다가 그 웃음소리가 자기 조카의 웃음소리였으며 자신이 어느새 밝고 뽀송뽀송하고 환한 방에 들어와 있다는 사실이 그를 더 놀라게 했다. 유령은 옆에 서서 웃으며 스크루지의 조카를 흐뭇하고 다정한 눈길로 바라보고 있는 게 아닌가.

"하하하하하!"

스크루지의 조카가 시원스레 웃었다.

혹시라도 여러분 중, 만에 하나 스크루지의 조카보다

복스럽게 웃는 사람을 알고 있다면 나도 그 사람을 만나게 해 달라. 소개해 주면 그 사람과 친분을 쌓을 테니.

질병과 슬픔도 전염되지만 웃음과 기쁨만큼 전염성이 강한 것도 없으니, 세상사란 얼마나 공평하고 공명정대하며 숭고한가! 스크루지의 조카는 옆구리를 움켜잡고 고개를 까딱거리며 얼굴을 일그러뜨리며 크게 웃었다. 그러자 스크루지의 조카며느리도 남편 못지않게 배꼽을 잡고 웃었다. 그 자리에 모인 친구들도 이에 뒤질세라 집 안이 떠나가라 크게 웃어댔다.

"삼촌이 글쎄 크리스마스가 헛소리라지 뭐야, 내가 똑똑히 들었어. 게다가 정말로 그렇게 믿고 계시더라고!"

스크루지의 조카가 소리 높여 말했다.

"정말 딱한 분이네요, 여보."

스크루지의 조카며느리가 못마땅하다는 듯 말했다. 이렇듯 무엇 하나도 대충 하는 법이 없는 여자들에게 축복이 있기를 바란다. 그런 여자들은 매사에 진실했다.

스크루지의 조카 프레드의 부인은 아주 예뻤다. 대단한 미인이었다. 움푹 들어간 보조개와 놀란 것처럼 크게 뜬 눈이 돋보이는 얼굴이었다. 작고 도톰한 입술은 누가 봐도 키스를 위해 만들어진 것 같았다. 웃을 때면 턱 주위에서 하나로 모여드는 앙증맞은 작은 점, 그 어떤 귀여운 동물의 얼굴에서도 본 적 없는 초롱초롱 빛나는 눈동자. 이 모든 게 합쳐져 흔히들 말하는 도발적이면서도 모자람이 없는 그녀의 얼굴을 이루었다.

"삼촌은 참 재미난 분이셔. 그건 사실이잖아. 막상 당신께서도 별로 재밌게 사시지 못하지만 말이야. 아무튼 그에 상응하는 벌을 받고 있으니 나까지 굳이 나쁘게 말할 건 없겠지."

스크루지의 조카가 말했다.

"굉장한 부자시잖아요, 적어도 당신이 내게 말해준 바에 따르면요."

조카며느리가 넌지시 말했다.

"그러면 뭐해? 돈이 아무리 많아도 삼촌한테는 무용지물인데! 그 돈으로 좋은 일을 하기를 하나, 당신이라도 편하게 살기사시기를 하나. 삼촌은 혹여 그 돈으로 우리가 덕을 보기라도 하면 어쩌나 하는 생각만으로도 몸서리를 치실걸."

스크루지의 조카가 말했다.

"전 그분을 참을 수가 없어요."

스크루지의 조카며느리가 말했다. 조카며느리의 자매들도, 그리고 다른 여자들도 모두 그녀의 의견에 동의했다.

"아니, 난 참을 수 있어. 난 삼촌이 불쌍하거든. 아무리 노력해도 삼촌한테는 화가 안 나. 삼촌이 고약하게 변덕을 부리면 결국 누가 당하겠어? 언제나 삼촌 스스로에게 당하고 말지. 오늘만 해도 우리를 싫어하기로 작정하고는 저녁 식사에도 안 오시겠다는 거야. 그래서 어떻게 됐지? 대단한 만찬을 놓치시는 건 아니지만 말이야!"

"그분은 아주 훌륭한 만찬을 놓치시는 거예요."

조카며느리가 딱 잘라 말했다. 다른 이들도 이구동성으로 외쳤다. 사실 이 사람들은 방금 그 대단한 저녁 식사를 마친 상태였고, 식탁 위에 디저트를 차려놓은 채 등불 밝힌 난롯가에 빙 둘러 모여 있던 참이므로 유능한 판관이라고 보아도 손색이 없었다.

"맛있게 먹었다니 다행인데. 이 서툰 살림꾼들한테 별로 믿음이 안 갔거든. 자네 생각은 어떤가, 토퍼?"

토퍼는 조카며느리의 여동생 중 하나를 마음에 두고 있는 게 분명했다. 총각이란 살림 솜씨 가지고 왈가왈부할 권리가 없는 비참한 외톨이라고 대답했기 때문이다. 조카며느리의 여동생(레이스로 깃을 장식한 통통한 동생이었다)이 토퍼의 대답을 듣고는 얼굴을 붉혔다.

"계속 해 봐요, 여보. 토퍼는 하던 말을 끝까지 하는 법이 없다니까요. 정말 실없는 사람이야!"

조카며느리가 손뼉을 치며 말했다.

스크루지의 조카가 또 한 차례 크게 웃었다. 웃음이 전염되는 것은 누구도 막을 수가 없었기에 모두들 따라 웃었다. 조카며느리의 통통한 여동생은 향초* 냄새를 맡아 가며 애써 웃음을 참으려 했지만 허사였다.

"내가 하려던 말은, 삼촌이 우리를 싫어하면서 우리와 즐거운 시간을 보내지 않으려고 한 탓에 즐거운 순간을 놓친다는 거지. 전혀 해가 될 게 없는데도 말이야. 곰팡내 나는 구닥다리 사무실이나 먼지 풀풀 날리는 집 안에서 자기만의 생각에 빠져서 좋은 친구와 함께 할

---

* 초산에 방향 물질을 넣은 용액을 말한다. 이 향초의 냄새를 맡으면 정신이 돌아온다고 믿었다.

수 있는 즐거운 기회를 놓치고 있는 게 분명해. 삼촌이 좋아하시든 싫어하시든 나는 삼촌한테 매년 똑같은 기회를 드렸지. 삼촌이 불쌍하니까. 어쩌면 삼촌은 돌아가실 때까지 크리스마스를 헛짓거리로 여기실지 모르겠지만 결국 마음을 바꾸실 거야. 내가 되든 안 되든 매년 기분 좋게 찾아가서 스크루지 삼촌에게 어떻게 지내시냐고 안부를 챙기면 말이야. 그래서 그 불쌍한 서기한테 50파운드를 남길 마음이 삼촌한테 생긴다면 대단한 일이 되지 않겠어? 그리고 내 생각인데 어제 나 때문에 삼촌 마음이 조금은 흔들린 것 같았거든."

스크루지의 마음을 흔들어놓았다니, 친구들은 그의 말을 듣고 웃음을 터트렸다. 하지만 천성이 착한 데다 남들이 웃든 말든 개의치 않는 스크루지의 조카는 이유야 어쨌건 사람들이 웃는 게 좋았기 때문에 흥을 돋우며 신나게 술병을 돌렸다.

차를 마신 뒤에 사람들은 음악을 들었다. 워낙 음악을 좋아하는 가족이라 합창이나 돌림노래를 부를 때도 호흡이 찰떡처럼 좋았다. 특히 토퍼는 언제든 듣기 좋은 저음을 목청껏 낼 수 있었는데, 그럼에도 이마에 핏

대가 드러나거나 얼굴이 시뻘게지는 법이 없었다. 스크루지의 조카며느리는 하프를 잘 뜯었다. 이런저런 연주곡 중에 단순하고 소박한 곡(정말 간단해서 2분만 배우면 휘파람으로 불 수 있을 정도다)이 있었는데, 이 곡은 과거의 크리스마스 유령이 보여준 대로, 스크루지를 기숙학교에서 데려가려고 찾아왔던 여자아이가 잘 알고 있는 곡이었다. 이 선율이 들려오자 스크루지의 머릿속에는 유령이 이제껏 보여준 모든 장면이 떠올랐다. 그러자 마음이 점점 누그러지면서 몇 년 전부터라도 그 노래를 자주 들었더라면 제이콥 말리를 매장할 때 썼던 교회지기의 삽을 빌리지 않고도 내 손으로 친절한 마음씨를 길러 스스로 행복해질 수 있었겠다는 생각이 들었다.

그렇다고 그들이 저녁 내내 노래만 부른 것은 아니었다. 얼마 후 그들은 벌금 놀이를 했다. 가끔은 어린아이로 돌아가는 것도 좋은 일인 데다, 크리스마스를 있게 한 그분도 크리스마스 때는 아이였으니, 크리스마스만큼 아이로 돌아가기에 안성맞춤인 때도 없었다. 아차! 그들은 장님 놀이를 먼저 했다. 당연히 장님 놀이가 먼저였다. 나는 토퍼 신발에 눈이 달렸다고 믿으면 믿었지 토퍼가 눈을 제대로 가리고 있었다고는 믿지 않는다. 내가 보기엔, 스크루지의 조카와 토퍼가 미리 짠 것 같았다. 스크루지와 함께 있던 현재의 크리스마스 유령도 눈치를 미리 챈 듯했다. 토퍼가 레이스 깃 장식을 단 통통한 아가씨를 쫓아다닌 행태는 순진한 인간 본성에 대한 기만이었다. 벽난로용 철제 도구를 쓰러뜨리고, 의자에 걸려 넘어지고, 피아노에 부딪치고, 커튼에 말려 컥컥거리며 통통한 아가씨가 어디를 가든 쫓아다녔다. 토퍼는 통통한 아가씨가 어디 있는지 매번 알고 있었다. 그 아가씨 말고 다른 사람은 잡으려 하지도 않았다! 만약 여러분이 일부러 곁에 가서 부닥치고는 가만히 서 있었으면 토퍼는 낑낑대며 당신을 잡는 시늉만 하고, 도저히 납득은 안 가겠지만 곧장 쭈뼛쭈뼛 게걸음을 치며 통통한 아가씨 쪽으로 갔을 것이다. 통통한 아가씨는 불공평하다며 볼멘소리를 몇 번이나 했고 그녀의 말은 사실이었다. 하지만 마침내 토퍼가 통통한 아가씨를 잡았을 때, 그러니까 아가씨가 실크 드레스 자락을 펄럭이며 재빨리 그의 곁을 스쳐가려고 했지만 도망칠 곳 없는 구석으로 몰렸을 때, 그가 보여준 행동은 가관이었다. 잡힌 사람이 누군지 모르는 척 하면서, 어쩔 수 없이 머리 장식을 만지는 체하더니 급기야 누군지 확인한답시고 손가락에 낀 반지와 목에 건 목걸이까지 만졌다. 참으로 야비하고 터무니없는 짓이었다. 다른 사람이 술래가 된 뒤 커튼 뒤에서 두 사람이 숨게 됐을 때, 아가씨가 토퍼의 행동을 어떻게 생각했는지 털어놓았음은 두말할 필요도 없을 것이다.

스크루지의 조카며느리는 장님 놀이에 끼지 않고 아늑한 구석에서 큼직한 의자에 앉아 발받침 위에 발을 올려놓고 편안하게 있었다. 유령과 스크루지는 바로 그 뒤에 서 있었다. 하지만 조카며느리도 벌금 놀이에는 참여했다. 그녀는 첫 철자만 주어진 단어를 맞춰 문장 전체를 완성해야 하는 놀이를 훌륭하게 해냈다. 그녀는 언제, 어디서, 어떻게 놀이를 하던 간에 두각을 나타내 자매들의 코를 납작하게 눌렀다. 남편인 스크루지의 조카는 내색은 안했지만 그녀의 모습을 보고 크게 기뻐했는데, 왜냐하면 처제들도 똑똑한 축에 속했기 때문이었다. 이 자리에는 사람들이 스무 명쯤 모여 있었는데 나이가 많든 적든 가리지 않고 모두 놀이에 참가했다. 스크루지도 그 놀이에 끼어들었다. 눈앞에서 벌어지고 있는 일이 너무나 재미있는 나머지 자신의 목소리가 저들의 귀에는 들리지 않는다는 사실도 까맣게 잊은 채, 가끔 자기가 생각하는 답을 큰 소리로 내뱉곤 했고 꽤 자주 답을 맞히기도 했다. 바늘귀가 부러지지 않는다고 자랑하는 가장 예리한 바늘인 최고급 화이트채플*의 바늘도 스크루지보다 더 예리하지는 못했고 스크루지의 추리력보다 더 예리하지 못했다.

유령은 스크루지가 이렇게 좋아하는 것을 보고 흐뭇해하며 자애로운 눈길로 그를 바라보았다. 스크루지는 심지어 손님들이 갈 때까지 계속 이곳에 있게 해달라고 아이처럼 조르기까지 했다. 그러나 유령은 그럴 수 없다고 말했다.

"새로운 놀이에요. 딱 30분만요, 유령님. 이번 한 번만요!"

스크루지가 말한 새로운 놀이는 바로 스무고개였다. 스크루지의 조카가 머릿속에 뭔가 떠올리면 나머지 사

---

* 바늘을 제조했던 회사의 이름이다.

람들이 그게 무엇인지 맞춰야 하는 놀이였다. 조카는 사람들의 질문에 '예'나 '아니오'로만 답해야 했다. 조카에게 질문 공세를 퍼부어 사람들은 조카가 떠올린 것이 살아있는 동물인지, 비위에 다소 거슬리는 동물인지, 사나운 동물인지, 으르렁거리고 꿀꿀거리는 동물인지, 말을 하는지, 런던에 사는지, 거리를 돌아다니는지, 구경거리는 아닌지, 누군가에게 끌려 다니지는 않는지, 동물원에 살지는 않는지, 시장에서 도축된 적은 없는지, 말이나 당나귀, 또는 젖소나 황소, 호랑이나 개, 돼지나 고양이, 곰은 아닌지 알아냈다. 새로운 질문을 받을 때마다 조카는 여지없이 폭소를 터뜨리고 급기야 너무 웃겨서 죽겠다는 듯 소파에서 벌떡 일어나 발까지 동동 굴렀다. 마침내 조카처럼 웃음보가 터진 통통한 조카며느리의 여동생이 목청껏 외쳤다.

"알겠어요! 그게 뭔지 알겠어요, 형부! 난 뭔지 알아요!"

"뭔데?"

스크루지의 조카가 되물었다.

"형부네 삼촌 스크루지 영감님이요!"

정답이었다. 여기저기서 감탄이 쏟아졌다. 하지만

"곰인가요?"라고 물었을 때 "예"라고 대답했어야 되는 거 아니냐며 이의를 제기하는 이들도 있었다. 곰이 아니라는 대답 때문에 스크루지가 답이 아닌가 짐작했다가 생각을 다른 데로 돌렸다는 것이다.

"삼촌 덕에 아주 즐거운 시간을 보냈군. 그러니 그분의 건강을 위해 건배하지 않는다면 배은망덕한 일이 되겠지. 마침 우리 코앞에 데운 와인도 있으니 건배를 합시다. '스크루지 삼촌을 위하여!'"

스크루지의 조카 프레드가 외쳤다.

"스크루지 삼촌을 위하여!"

사람들도 그의 말에 따라 외쳤다.

"삼촌이 어떤 분이시든 크리스마스 즐겁게 보내시고 새해 복 많이 받으세요! 저한테 그런 인사 받을 마음은 없으시겠지만, 그래도 어쨌든 메리 크리스마스!"

스크루지의 조카가 말했다.

스크루지는 자기도 모르는 사이 아주 즐겁고 마음도 가벼워져서 유령이 시간만 주었다면 자신의 존재도 모르는 이 사람들에게 답례로 축배를 들고 들리지도 않는 목소리로 감사 인사를 했을 것이다. 하지만 조카의 마지막 말이 끝나기가 무섭게 모든 장면이 바뀌더니 유령과 스크루지는 다시 여정에 올라 있었다.

스크루지와 현재의 유령은 멀리 떠나 여러 집을 찾아갔으며 많은 것을 보고 느꼈다. 그들이 목격한 일들은 항상 행복하게 끝났다. 유령이 병상 옆에 서 있으면 누워 있던 병자들은 기운을 차렸다. 그들은 먼 나라에 있어도 고향에 있는 것처럼 느꼈다. 또한 힘들어 몸부림치는 사람들은 더 큰 희망을 가지고 버틸 수 있었으며 가난한 사람들 곁에 있으면 그들은 부자가 된 것 같은 느낌을 받았다. 빈민 구호소에, 병원에, 감옥에, 고통이 숨어드는 어떤 곳에서건 허영에 찬 인간들은 보잘것 없는 찰나의 권력을 믿고 문을 굳게 잠그지 않았고, 유령이 찾아와도 내쫓지 않았다. 유령은 장소를 가리지 않고 축복을 내려 스크루지에게 가르침을 주었다.

고작 하룻밤이었다고 한다면 정말 기나긴 밤이었다. 하지만 스크루지는 과연 하룻밤에 지나지 않았을지 의심스러웠다. 스크루지가 보기에 크리스마스 명절* 전체

* 당시 크리스마스 휴일은 주현절 전날인 1월 5일까지였다.

를 둘이 함께 보낸 시간으로 압축시킨 것 같았기 때문이다. 게다가 스크루지 자신의 외형은 전혀 달라지지 않고 그대로인데 반해 유령은 확실히 전보다 나이든 모습처럼 보였다. 스크루지는 이러한 변화를 진작 알아차렸지만 아이들이 주현절을 기리는 모임의 자리를 뜰 때까지 자신의 생각을 입 밖으로 꺼내지는 않았다. 그들은 마침내 사방이 트인 곳에 함께 서 있었는데, 유령의 머리칼은 이전보다 더 하얗게 세어 있었다.

"유령의 수명은 짧은가요?"

스크루지가 물었다.

"이 세상에서의 삶은 아주 짧지. 오늘 밤에 끝난다."

유령이 대답했다.

"오늘 밤이라고요!"

스크루지가 소스라치게 놀라며 소리쳤다.

"오늘 밤 자정에 끝난다. 잘 들어라! 그 시각이 가까워지고 있어."

바로 그 순간 시계 종소리가 11시 45분을 알렸다.

"외람된 질문이라면 용서해 주십시오. 제 눈에 뭔가 이상한 게 보여서요. 유령님의 것은 아닌 것 같은데, 무엇인가가 옷자락 밑으로 튀어나와 있어요. 그건 발인가요, 아니면 발톱인가요?"

스크루지가 유령의 옷자락을 뚫어져라 쳐다보며 물었다.

"발톱일걸, 그 위에 살이 붙어 있으니까. 여길 봐!"

유령이 답했다.

유령이 옷자락 아래서 두 아이를 꺼냈다. 두 아이는 가련하고, 절망적이고, 무섭고, 끔찍하고, 비참한 모습이었다. 두 아이는 유령의 발치에 무릎을 꿇고 유령의 옷자락을 꼭 붙들고 있었다.

"오, 이런, 여길 봐! 아래, 아래를 보라고!"

유령이 크게 소리쳤다.

남자아이와 여자아이 두 명이었다. 얼굴은 누렇게 뜨고 비쩍 마른 데다 누더기를 걸치고 잔뜩 찌푸린 얼굴이 늑대처럼 보였지만 납작 엎드린 모습이 비굴해 보였다. 귀여운 어린아이라면 얼굴도 통통하고 생기가 있어야 할 텐데, 그 둘의 모습은 메마르고 쪼글쪼글한 손이 꼬집고 비틀고 갈가리 찢어놓은 것 같았다. 천사가 앉아있어야 할 자리에 악마가 숨어 험악한 표정으로 노려

보는 것 같다고나 할까. 경이롭고 신비한 창조의 과정을 거치면서 제아무리 인간성을 뒤바꾸고 타락시키고 왜곡한들, 이 아이들의 반만큼이라도 무시무시하고 끔찍한 괴물을 만들지는 못했을 것이다.

스크루지는 깜짝 놀라 뒤로 물러섰다. 아이들을 얼떨결에 보게 되었지만, 아무튼 스크루지는 그들에게 귀엽다는 말을 해주고 싶었다. 그런데 너무 어마어마한 거짓말을 하게 되는 것 같아 말이 목에 걸려 나오질 않았다.

“유령님의 아이들인가요?”

스크루지는 달리 할 말이 없었다.

“인간의 아이들이다. 내게 매달려 제 아비를 원망하고 있다. 남자아이의 이름은 무지이고 여자아이의 이름은 빈곤이다. 이 두 아이뿐만 아니라 아이들과 비슷한 다른 것들도 조심해야 한다. 그중에서도 특히 남자아이를 조심해야 해. 이마에 ‘파멸’이라 쓰여 있는 게 보일 거다. 그 글자가 지워지지 않는 한 조심해야 한다. 무지를 허용하지 마! 너희에게 이렇게 경고하는 이들을 욕하려면 욕해봐! 당리당략을 위해 무지를 용인해서 세상을 더 악하게 만들어 보라고! 그 결과는 너희들의 몫이 될 테니!"

유령은 도시 쪽으로 손을 쫙 뻗으며 소리쳤다.

"두 아이를 위한 보호시설이나 지원 정책은 없나요?"

스크루지가 물었다.

"감옥이 있을 텐데? 구빈원은?"

유령이 뜻밖의 순간에 스크루지가 했던 말을 되풀이 했다. 그때 종소리가 12시를 알렸다.

스크루지가 주위를 두리번거리며 유령을 찾았으나 유령의 모습은 온데간데없었다. 마지막 종소리의 떨림이 멎은 순간, 제이콥 말리의 예언이 떠오른 스크루지가 고개를 들어보니 또 다른 근엄한 유령의 모습이 보였다. 옷자락을 치렁치렁 늘어뜨리고 모자를 뒤집어 쓴 유령은 땅 위로 안개가 퍼지듯 다가오고 있었다.

4부
세 번째 유령

유령은 느릿느릿, 엄숙하고 조용하게 스크루지 곁으로 다가왔다. 유령이 당도하자 스크루지는 무릎을 꿇었다. 이번에 마주한 유령은 자신이 헤치고 온 그 공기에 음산하고 신비로운 기운을 흩뿌린 듯했다.

유령은 머리며 얼굴, 몸의 윤곽까지 모두 가리는 새까만 옷을 뒤집어쓰고 있어, 앞으로 쭉 뻗은 한쪽 손 빼고는 신체의 어느 곳도 드러내지 않았다. 손마저 내밀지 않았더라면 유령을 둘러싼 칠흑 같은 어둠과 그 유령의 모습을 분간하기가 어려웠을 것이다.

옆으로 다가 온 유령은 큰 키와 위엄있는 풍채를 뽐냈으며, 신비한 존재감만으로도 경외심을 불러일으켰다. 하지만 유령이 말을 하지도 움직이지도 않았기 때문에 더 이상은 아무것도 알아낼 수가 없었다.

"제가 지금 미래의 크리스마스 유령님 앞에 있는 건가요?"

유령은 대답하지 않고 손으로 앞을 가리키기만 했다.

"제게 아직 일어나지 않았지만 앞으로 일어날 일의 환영을 보여주시려는 참인가요? 그런가요, 유령님?"

답을 기다렸으나 얻지 못한 스크루지가 재차 물었다.

유령이 그때 고개를 숙였고 옷의 윗부분에 주름이 생겼다. 그것이 스크루지가 받은 유일한 대답이었다.

이제 유령과 돌아다니는 데 아주 익숙해진 스크루지였지만, 침묵으로 일관하는 이 형상이 너무 무서워 스크루지는 다리를 떨었다. 그래서 막상 유령을 따라나서야 했을 때에는 제대로 서 있기조차 힘들어졌다. 스크루지의 상태를 본 유령은 가던 길을 잠시 멈추었고 그가 몸을 추스를 수 있도록 시간을 주었다.

하지만 스크루지의 상태는 더욱 나빠지기만 했다. 유령이 거무스름한 수의(壽衣) 뒤에서 자신을 뚫어져라 쳐다보고 있을 것이며, 자신이 목을 최대한 길게 빼도 유령의 손과 시커먼 형상밖에 볼 수 없다고 생각한 스크루지는 왠지 모르게 섬뜩한 마음이 들어 소름이 끼쳤다.

"미래의 유령님! 유령님은 제가 만나본 그 어떤 유령보다도 무서운 분이십니다. 하지만 유령님이 다 제가 잘 되라고 오셨다는 것을 알고 있고, 저도 옛날과는 다른 사람으로 살고 싶기에 감사하는 마음으로 묵묵히 유령님을 따라갈 준비를 했습니다. 이런 저에게 아무 말도 하지 않으실 건가요?"

이번에도 유령은 대답하지 않았다. 다만 여전히 손으로 바로 앞을 가리킬 뿐이었다.

"앞장서 주십시오. 저를 이끌어주십시오. 이 밤이 빠르게 끝나고 있습니다. 그 시간은 제게 아주 소중하죠. 앞장서 주십시오, 유령님!"

유령은 다가올 때처럼 스크루지에게서 멀어져 갔다. 스크루지는 유령이 입은 옷이 드리운 그림자를 쫓아갔다. 그 그림자가 스크루지를 들어 올려 앞으로 데리고 가는 것을 스크루지도 느낄 수 있었다.

그 둘이 시내에 들어갔다기보다 시내가 둘 앞에 불쑥 솟아올라 저절로 그들을 에워싼 것 같았다. 아무튼 둘은 시내 한가운데, 거래소 안의 상인들에 둘러싸여 있었다. 상인들은 주머니 안의 돈을 짤랑거리며 이리저리 바삐 오갔다. 삼삼오오 모여 대화를 나누고, 시계를 들여다보고, 생각에 잠겨 커다란 금색 인장을 만지작거리기도 했다. 모두 스크루지가 자주 보던 그 모습 그대로였다.

유령은 몇몇 상인들 중 한 사람 앞에 멈춰 섰다. 유령의 손이 그 상인들을 가리키고 있기에 스크루지는 무슨 얘기를 하는지 들어보려고 그쪽으로 다가갔다.

"아니, 어차피 그에 대해서는 나도 잘 몰라. 그냥 죽었다는 것만 알지."

두터운 턱살에 엄청 뚱뚱한 남자가 말했다.

"언제 죽었답디까?"

또 다른 남자가 물었다.

"어젯밤이라지."

"저런, 어디 아픈 데라도 있었대요? 절대 죽지 않을 것 같더니만."

또 다른 남자가 큼지막한 담뱃갑에서 코담배를 한 움큼 꺼내며 물었다.*

"누가 알겠어."

뚱뚱한 남자가 하품을 하며 말했다.

"그 많은 돈은 다 어떻게 했대?"

얼굴이 붉은 데다 코끝에 난 혹이 수컷 칠면조의 턱 밑 처진 살처럼 늘어진 신사가 물었다.

"나도 그에 관련된 이야기는 들은 게 없어. 자기 회사 앞으로 남겼겠지 뭐. 좌우지간 나한텐 하나도 남기지 않았어. 내가 아는 건 그게 다야."

뚱뚱한 사내가 또 다시 하품을 하며 말했다.

이 농지거리에 그곳에 있던 모두가 웃음을 터뜨렸다.

"장례비가 아주 절약되겠어. 내가 아는 사람 중에는 그 장례식에 가겠다는 사람이 없으니. 우리라도 조문단을 꾸려서 가보면 어때?"

뚱뚱한 남자가 덧붙여 말했다.

"점심만 준다면 가는 것도 나쁘지 않겠지. 내 말대로 해준다면 조문단에 기꺼이 참여할게."

코에 혹을 단 남자가 말했다. 이번에도 다들 웃음을

---

* 당시에는 담배를 코로 흡입한 다음 재채기를 하면 폐가 좋아진다고 여겼다.

터뜨렸다.

"그렇다면 내가 제일 젯밥에 관심 없는 사람이로군. 나는 검은 장갑도 점심도 필요없거든. 하지만 누구 간다는 사람이 있으면 같이 가줄 순 있지. 가만 생각해 보니 내가 그 친구와 가장 친한 친구가 아니었나 싶네. 마주칠 때마다 가던 길을 멈추고 말을 나눴으니 말이야. 그럼 이만, 잘 갔다 오게."

뚱뚱한 사내가 말했다.

대화를 주고받던 사람들은 뿔뿔이 흩어져 다른 무리와 섞였다. 스크루지도 알고 지냈던 사람들이었기에, 스크루지는 이게 다 무슨 얘긴가 싶어 유령 쪽을 바라보았다.

유령은 미끄러지듯 거리로 나갔다. 유령의 손가락이 길에서 마주친 두 사람을 가리켰다. 스크루지는 여기서 무슨 일인지 설명을 들을 수 있을지도 모른다는 생각에 다시 한번 귀를 기울였다.

이 사람들 또한 스크루지가 아주 잘 아는 사람들이었다. 사업가로 아주 부유한 데다 영향력도 꽤 있는 사람들이었다. 이 두 사람이 보기에 스크루지는 늘 괜찮은 사람이었다. 어디까지나 사업적 관점, 다시 말해 오로지 사업적 관점에서만 그렇게 생각했지만 말이다.

"안녕하십니까?"

한 사람이 인사를 건넸다.

"잘 지내셨겠죠?"

그러자 상대방이 답례를 했다.

"아이고, 그 아귀가 결국 황천길을 떠났다네요, 소식 들으셨습니까?"

첫 번째 남자가 다시 말을 꺼냈다.

"네. 저도 그 소식을 들었습니다. 그나저나 날이 참 춥습니다, 그렇지요?"

"크리스마스 날씨로 제격이지요. 스케이트는 타지 않으시나요?"

"네, 안 탑니다. 그럼 저는 다른 볼 일이 있어서요. 안녕히 가십시오."

다른 말은 없었다. 두 사람은 그렇게 만나 몇 마디를 나누고 헤어졌다.

처음에 스크루지는 유령이 누가 봐도 사소한 대화 내용에 의미를 부여하는 것에 놀랐다. 그러나 그런 대화를 들려준 데에는 분명 어떤 숨은 의도가 있을 거라 확신하고 그의 의중을 알아내려고 열심히 머리를 굴렸다. 길에서 만난 두 사람의 대화는 제이콥의 죽음을 말하는 것 같진 않았다. 그건 과거의 일이었으며, 이 유령의 활동 영역은 미래이기 때문이었다. 자기와 밀접한 관련이 있는 사람들 중에 이 대화 내용에 들어맞는 누군가가 떠오르지도 않았다. 하지만 대화 내용이 누구에게 들어맞든지 간에, 스크루지는 자신을 더 나은 사람으로 만들어 주려는 도덕적 교훈이 숨어 있을 거라는 확신이 들었고 보고 들은 것은 모조리 소중히 간직하기로 결심했다. 특히 자신의 환영이 나타나면 더욱 눈여겨보기로 했다. 미래에 자신이 어떻게 행동하는지 보면 놓쳤던 단서를 찾아 이 수수께끼의 답을 쉽게 알아낼 수 있을 거라 내심 기대하고 있었기 때문이다.

스크루지는 자기 모습을 찾아 이리저리 두리번거렸지만 그에게 익숙한 구석 자리에는 다른 남자가 서 있었다. 시계는 평상시 스크루지가 그 자리에 머물렀을 시간을 가리키고 있었지만, 현관을 지나 쏟아져 들어오는 인파 중에 그와 닮은 구석이 있는 사람은 하나도 없었다. 그래도 별로 놀라울 것은 없었다. 이미 다르게 살기로 마음을 먹은 이상 미래에서 새로운 결심을 실천하는 스크루지 자신의 모습을 볼 수 있으리라는 희망을 품고 있었기 때문이었다.

유령은 스크루지 옆에서 여전히 한쪽 손을 쭉 내민 채 소리 없이 비밀스럽게 서 있었다. 혼자만의 생각에 잠겨 있다가 퍼뜩 정신을 차린 스크루지는 유령의 손이 가리키는 방향이 바뀐 것을 보고 유령의 보이지 않는 두 눈이 자신을 쏘아보고 있을 거라는 생각이 문득 들었다. 그러자 스크루지의 온몸이 벌벌 떨리면서 오싹해졌다.

둘은 분주한 시내를 떠나 후미진 동네로 갔다. 한 번도 가 본적은 없는 곳이었지만 그곳이 어떤 동네인지, 얼마나 소문이 흉흉한지는 알고 있었다. 비좁은 길에서는 악취가 났고, 상점과 주택은 형편없었다. 반 벌거숭이인 동네 주민들은 술에 취해 추한 몰골로 비틀거렸다. 골목길과 아치형 지붕으로 덮인 길 역시 시궁창처럼 코를 찌르는 악취와 먼지, 불쾌한 기운을 멋대로 뻗은 거리에 토해냈다. 온 동네가 범죄와 쓰레기, 빈곤의 냄새를 물씬 풍겼다.

이처럼 악명 높은 빈민굴 깊숙한 곳 외쪽지붕 아래에 입구가 불쑥 튀어나온 가게가 하나 있었다. 이 가게에서는 철물, 넝마, 병, 뼈, 기름투성이인 내장을 팔았다. 가게 안 바닥에는 녹슨 열쇠, 못, 쇠사슬, 경첩, 줄, 저울, 추, 온갖 고철 더미가 쌓여 있었다. 보기 흉한 넝마 더미, 썩은 비곗덩어리, 뼈 무더기에는 사람들이 굳이 파헤치고 싶지 않은 비밀이 숨어서 자라나고 있었다. 이 가게에서 취급하는 잡동사니 중 하나인, 벽돌로 만든 목탄 난로 옆에 자리 잡은 이는 백발이 성성한 건달로 곧 일흔을 앞두고 있었다. 노인은 이것저것 잡다한 넝마를 줄에 매달아 만든 퀴퀴한 커튼으로 찬바람을 막고서 은둔 생활의 유일한 호사품인 파이프 담배를 피우고 있었다.

스크루지와 유령이 이 노인이 있는 곳으로 다가가려는데 어떤 여자가 무거운 꾸러미를 들고 가게 안으로 슬그머니 들어왔다. 그런데 그 여자가 들어오자마자 비슷한 짐을 든 또 다른 여자가 들어왔다. 뒤이어 빛바랜 검은색 옷을 입은 남자가 그 뒤를 바짝 쫓아 들어왔다. 두 여자가 서로를 알아보고 놀란 것 못지않게 검은 색

옷을 입은 남자도 여자들을 보고 깜짝 놀랐다. 세 사람이 너무 놀라 할 말을 잃은 것을 보고 파이프를 피우던 노인도 덩달아 놀랐고, 그 모습을 본 세 사람이 웃음을 터뜨렸다.

"청소부가 1등, 세탁부가 2등, 장의사가 3등이에요! 아이구, 조 영감님, 땡 잡았네. 우리 셋이 작정하고 다 모이기도 힘든데 말이야."

맨 처음 들어왔던 여자가 말문을 열었다.

"여기야말로 만나기 딱 좋은 장소지. 응접실로 가자고. 자네는 예전부터 제집처럼 드나들었고 나머지 두 사람도 처음은 아니겠지. 가게 문을 닫을 때까지만 꼼짝 말고 있어봐. 아휴, 문이 어찌나 끽끽거리는지! 우리 가게에서 이 문에 달린 경첩보다 녹이 심한 건 없을 걸. 물론 내 뼈보다 오래된 뼈도 없고 말이야. 하하하! 저 고물 경첩이나 내 뼈나 모두 여기에 더 없이 어울리지. 우린 천생연분이라니까. 자자, 응접실로 가자고. 응접실로."

조 영감이 물고 있던 파이프를 꺼내며 말했다.

응접실은 넝마로 만든 장막 뒤편에 마련되어 있었다. 노인은 낡은 양탄자 누르개로 난롯불을 쑤셨고 연기 나는 램프의 심지를 파이프로 다듬은 후 그 파이프를 다시 입에 물었다.

노인이 그러는 동안 아까 먼저 말을 꺼냈던 여자가 꾸러미를 바닥에 던져놓고 거드름을 피우며 의자에 앉았다. 그러고는 무릎 위로 팔짱을 끼더니 해 볼 테면 해보라는 듯한 표정으로 나머지 두 사람을 노려보았다.

"그래서 뭐가 어떻다는 거지, 딜버 부인? 누구나 제 앞가림을 할 권리는 있는 거잖아. 그 영감도 매번 그랬고."

"그야 그렇지. 그 영감보다 제 앞가림 잘한 사람은 없었으니까."

세탁부가 말했다.

"그럼 겁먹은 눈으로 그렇게 서 있지 말란 말이야, 이 여편네야. 여기 누구 잘난 사람 있어? 서로 약점이나 잡자고 여기 온 건 아닐 거 아냐!"

"아니지, 물론 아니지! 그런 일은 없기를 바라자고."

딜버 부인과 남자가 동시에 맞장구를 쳤다.

"그럼 됐어! 이까짓 것 몇 개 없어진다고 누구 손해 보는 사람 있어? 죽은 사람은 말할 것도 없고 말이지!"

첫 번째 여자가 큰 소리로 말했다.

"아니지, 물론 아니지!"

딜버 부인이 웃으며 동조했다.

"그 망할 구두쇠 영감 말이야, 죽은 다음에도 이런 거 다 지키고 싶었으면 살아 있을 때 잘했어야지, 안 그래? 그랬으면 저승사자가 데리러 왔을 때 혼자 누워서 숨을 헐떡거릴 일 없이 돌봐줄 사람이 있었을 텐데 말이야."

첫 번째 여자가 말을 이었다.

"구구절절 옳은 말이네. 그 노인네 벌 받은 거야!"

딜버 부인이 말했다.

"조금만 더 무거운 벌을 받았다면 좋았을 텐데. 너무 가벼웠다고. 정말이야. 그랬다면 나도 다른 것도 더 챙겨왔을 텐데. 조 영감님, 그 꾸러미 열어서 얼마나 될지 좀 봐줘요. 있는 그대로 말해 줘야 해요. 매도 먼저 맞는 게 낫다고, 저 사람들이 봐도 난 거리낄 거 없다고요! 여기서 만나기 전에도 다들 먹고 살려고 했을 뿐이라는 건 다 알고 있었는데요 뭘. 꾸러미 열어 봐요, 조."

첫 번째 여자가 말했다.

하지만 첫 번째 여자의 동료들도 이런 그녀의 말을 듣고 가만있지 않았다. 빛바랜 검정색 옷을 입은 남자가 자기 약탈물을 먼저 꺼내놓았다. 그것들은 비싸지 않은 물건이었다. 인장 한두 개, 필통 하나, 커프스단추 한 쌍, 별로 비싸 보이지 않는 브로치 하나가 전부였다. 노인은 이 물건들을 꼼꼼히 살펴보고 뜯어보았다. 그러면서 각각에 대하여 줄 수 있는 액수를 벽에다 분필로 적은 다음 더 나올 물건이 없음을 알고 모든 액수를 더했다.

"저게 자네가 받을 돈이야. 나를 죽인다고 해도 저기서 더는 못 줘. 다음은 누구야?"

딜버 부인이 그 다음 차례였다. 이불보와 수건, 약간 낡은 옷 한 벌, 구닥다리 은 숟가락 두 개, 각설탕 집게 하나, 부츠 두어 켤레가 나왔다. 조 영감은 딜버 부인이 받을 액수도 방금 전처럼 벽에 적어두었다.

"내가 여자들한테는 늘 인심이 너무 후하단 말이야. 이게 내 약점이랄까. 그래서 망하지. 이게 자네가 받을 돈이야. 한 푼이라도 더 달라면서 무르려고 하면 후하게 인심 쓴 거 후회하고 반 크라운 깎을 줄 알라고."

"이제 내 보따리를 풀어 봐요, 조."

첫 번째 여자가 그를 재촉했다.

조는 보따리를 좀 더 편하게 풀려고 무릎을 꿇은 뒤에 겹겹이 묶인 매듭을 풀었다. 그러자 커다랗고 묵직하면서 시커먼 물건이 보따리 밖으로 질질 끌려 나왔다.

"이게 뭐야? 침대에 다는 휘장?"

조가 물었다.

"아, 휘장 맞아요!"

여자가 웃으며 팔짱을 끼고 몸을 앞으로 숙인 채 말했다.

"설마 그 영감이 누웠던 침대를 장식했던 고리랑 봉까지 다 떼어온 건 아니겠지?"

조 영감이 여자에게 물었다.

"그래요, 그랬어요. 그러면 안 되나요?"

그녀가 조 영감의 말에 대답했다.

"부자가 될 팔자구먼. 틀림없이 부자가 되겠어."

조 영감이 말했다.

"손만 뻗으면 가져올 수 있는데 겨우 그런 영감 때문에 손 놓고 가만히 있어서는 안 되죠. 암요, 그렇고말고요. 그 기름이나 담요에 흘리지 말아요."

여자가 차갑게 대꾸했다.

"그 영감 담요야?"

조가 물었다.

"그럼 누구 거겠어요? 그 노인네 이제 담요 없어서 감기 걸릴 일도 없을 텐데."

"전염병 같은 걸로 죽은 건 아니겠지, 응?"

조가 물건을 살피던 몸짓을 멈추고 고개를 쳐들며 물었다.

"그런 걱정은 넣어 두세요. 그냥도 같이 있기 싫은데 그 영감이 전염병으로 죽었으면 그까짓 거 갖겠다고 그 노인네 주변을 퍽이나 얼쩡거리겠어요. 참나! 그 셔츠 어디 눈 빠질 때까지 볼 테면 봐 봐요. 구멍나거나 헤진 곳 한 군데도 못 찾을 테니. 그거 그 영감 물건 중에 제일 좋은 거였어요, 멀쩡하기도 하고. 내가 안 가져왔으면 쓸데없는 데다 썼을 걸."

"쓸데없는 데다 썼을 거라니, 그게 무슨 소리야?"

조가 물었다.

"땅속에 묻힐 사람한테나 입혔을 거 아니에요. 어떤 바보가 그걸 그 영감한테 입혀놨기에 내가 다시 벗겼다고요. 옥양목이면 충분한데 말이죠, 안 그러면 그 좋은 걸 어디다 쓰겠어요. 죽은 사람한테는 옥양목이 아주 잘 어울릴 텐데 뭐. 그 영감 시체에 셔츠를 입혀 놓으니까 그렇게 추할 수가 없더라고요."

여자가 웃음을 보이며 말했다.

스크루지는 공포에 떨며 이 대화를 들었다. 노인이 켜놓은 희미한 등불 빛을 받으며 각자 훔쳐온 물건을 놓고 빙 둘러앉아 있는 모습을 보며 스크루지는 증오와 혐오감을 느꼈다. 저 악마들이 시체를 놓고 흥정을 했더라도 이보다 더 역겨울 수는 없었을 것이다.

조 영감이 돈이 든 플란넬 가방을 꺼내 각자의 몫을 바닥에 놓고 세기 시작하자 좀 전에 말을 한 여자가 웃음을 터뜨리며 말했다.

"하하! 이렇게 끝날 줄 알았다니까. 살아있을 때는 겁을 줘서 아무도 얼씬거리지 못하게 하더니 다 죽어서 우리한테 돈을 벌어주려고 그랬던 거군! 하하하!"

"유령님. 이제 잘 알겠습니다. 잘 알고말고요. 저 불쌍한 남자의 신세가 제 신세가 될 수도 있다는 것이지요. 앞으로도 지금처럼 살다가는 저도 저 꼴이 난다는 거겠지요. 하늘도 무심하시지, 이게 뭡니까?"

스크루지가 머리부터 발끝까지 몸을 떨며 말을 꺼냈다.

스크루지는 깜짝 놀라 몸을 움찔했다. 장소가 바뀌어 하마터면 침대에 부닥칠 뻔했기 때문이다. 휘장이 없는 휑한 침대 위, 너덜너덜한 침대보를 뒤집어쓴 무언가가 있었다. 그것은 단 한마디도 없었지만 무시무시한 언어로 제 존재를 알리고 있는 듯했다.

방 안은 매우 어두웠다. 너무 어두워 제대로 보이는 건 없었지만 스크루지는 거기가 누구의 방인지 너무 궁금한 나머지 내밀한 충동에 굴복해 사방을 두리번거렸다. 마침 바깥에서 희미한 빛이 침대 위를 곧장 비췄다. 모조리 도둑을 맞아 아무것도 없는 빈 침대 위에 어떤 남자의 시신이 있었다. 시신은 곁을 지키는 이도, 슬피 울어주는 이도 없이 방치되어 있었다.

스크루지는 유령 쪽을 흘낏 보았다. 유령의 손이 흔들림 없이 시신의 머리를 가리켰다. 침대보가 너무 대충 덮여 있어 스크루지가 손가락 하나만 까딱해도 시신의 얼굴이 드러날 것 같았다. 스크루지는 손만 뻗으면 간단히 확인할 수 있겠다 싶은 생각이 들었지만, 침대보를 잡아당길 기력도 바로 곁에 있는 유령을 쫓아낼 기운도 없었다.

아, 피도 눈물도 없이 야박하고 매서운 죽음이여! 여기 그대의 제단을 세워 그대에게 복종하는 공포로 치장하라. 이곳은 그대의 영토이니. 허나 사랑받은 이, 존경받은 이, 찬양받은 이의 머리에서는 머리카락 한 올도 그대의 무시무시한 목적에 맞게 바꿀 수 없고, 눈, 코, 입 어느 하나 밉게 만들지 못할지어다. 잡았던 손이 놓였을 때 그 손이 무겁기 때문에 아래로 떨어지는 것이 아니다. 심장과 맥박이 멈췄기 때문도 아니다. 다만 그 손이 힘 있게 펼쳐져 온기와 진심을 담았으며 심장은 용감하고 따뜻하고 부드러웠으며 맥박은 인간답게 뛰었다. 닥쳐오라, 어둠이여, 닥쳐오너라! 상처에서 그의 선행이 솟아나와 세상에 영생의 싹을 틔우는 모습을 보게 되리니.

누군가 스크루지의 귀에 대고 이런 말을 들려준 것도 아니건만 침대를 보는 순간 그런 말이 스크루지에게 들려오는 것 같았다. 스크루지는 생각했다. 지금 이 남자가 다시 일어날 수 있다면 맨 먼저 무슨 생각을 할까? 탐욕을 부리고 매몰차게 굴고 관심과 사랑을 외면했던 일? 사실 그 덕분에 이렇게 어처구니없는 최후를 맞이하지 않았던가!

이 남자의 시신은 어둡고 텅 빈 집에 누워 있었다. 남자건 여자건 어린아이건 저 사람이 이런 저런 일로 내게 친절을 베풀었으며 그가 건넨 친절한 말 한마디를 떠올리며 나도 저 사람에게 친절을 베풀어야겠다고 말해줄 사람 하나 없이 저렇게 누워 있었다. 고양이 한 마리가 문을 박박 긁고 있었고 벽난로 바닥 밑에서는 쥐들이 무언가를 갉아 먹으며 찍찍거리는 소리가 났다. 고양이와 쥐는 대체 이 죽음의 방에서 무엇을 원하는 건지, 어째서 가만히 있질 못하고 안절부절 못하는 건지, 스크루지는 감히 생각하고 싶지 않았다.

"유령님. 여기는 굉장히 무서운 곳이로군요. 여기를 떠나도 여기서 깨우친 교훈은 절대 잊지 않겠습니다. 믿어주세요. 그러니 다른 곳으로 어서 갑시다."

스크루지의 말에도 불구하고 유령은 꼿꼿한 손가락으로 시체의 머리를 가리킬 뿐이었다.

"무슨 뜻인지 잘 알겠습니다. 할 수만 있으면 저도 그렇게 하겠어요. 하지만 그럴 힘이 없습니다, 유령님. 제

겐 그럴 힘이 없어요."

스크루지가 애원했다. 그 때문인지 다시 한번 유령이 스크루지를 보는 것 같았다.

"만일 이 도시에 이 남자의 죽음으로 어떤 감정이든 느끼는 사람이 있다면, 그 사람을 제게 보여주십시오, 유령님. 제발 부탁입니다요."

유령은 눈 깜짝할 사이에 스크루지 앞에서 시커먼 옷자락을 마치 날개처럼 쫙 펼쳤다가 접었다. 그러자 대낮의 환한 방 하나가 눈앞에 나타났는데, 거기에는 어떤 어머니와 아이들이 있었다.

여자는 누군가를 초조하게 기다리고 있었다. 방 안을 이리저리 서성이며 무슨 소리만 났다 하면 깜짝깜짝 놀라 창밖을 내다보고 시계를 흘끔흘끔 쳐다보았다. 바느질을 하려고 해도 집중을 할 수 없었고 아이들이 놀면서 떠드는 소리도 견디지 못하는 것 같았다.

마침내 기다리고 기다리던 문을 두드리는 소리가 들렸다. 여자는 서둘러 문가로 가 남자를 맞아들였다. 남자는 아직 젊은데도 불구하고 수심이 가득하고 우울한 얼굴을 하고 있었다. 그런데 이제 그 얼굴에는 어떤 감정이 뚜렷이 드러나 있었다. 너무 기쁘지만 그런 감정을 느끼는 자신이 부끄러워 억누르고 있는 것 같았다.

남자는 난롯가 옆에 차려 둔 저녁 식사 자리에 앉았다. 여자가 머뭇거리며 무슨 일이 있었냐고 물었을 때 (그것도 기나긴 침묵 끝에 간신히) 남자는 어떻게 대답해야 할지 몰라 난처해했다.

"좋은 소식이에요, 나쁜 소식이에요?"

여자가 남자의 짐을 덜어주려는 듯 그에게 다시 물었다.

"나쁜 소식이오."

"그럼 우린 완전히 망했네요!"

"아니, 아직 희망은 있어요, 캐롤라인."

"그 영감이 우리를 가엾게 여겨준다면 희망이 있겠지. 그런 기적이 일어난다면 희망 없는 일이란 없을 텐데."

여자가 아연실색한 표정으로 말했다.

"우리를 가엾게 여기고자시고 할 게 없어요. 죽었으니까."

남자가 여자의 말에 대답했다.

얼굴만 보면 여자는 온순하고 참을성 있어 보이는 사람이었다. 그녀는 남자의 대답을 듣고 내심 다행이라

여겼고, 두 손을 꼭 모아 쥔 채 현재 자신의 심정을 토로했다. 그 말을 뱉자마자 여자는 남편에게 용서를 빌며 부끄러워했다. 하지만 남자의 말에 처음 보인 반응은 진심이었다.

"어젯밤 내가 말했던 그 반쯤 취한 여자 말이오, 그 여자 말이 맞았더군. 내가 그분을 만나서 일주일만 미뤄 보려고 했을 때 나를 피하려는 수작이라고만 생각했는데 알고 보니 진짜였어. 그 영감 아주 아픈 정도가 아니라 실은 다 죽어가고 있었던 거야."

"우리 빚은 누구한테 넘어가게 될까요?"

"나도 모르겠소. 하지만 그 전에 돈을 마련해야지. 혹 돈을 마련하지 못하더라도 아주 재수가 없지 않고서야 그 영감처럼 피도 눈물도 없이 매정한 채권자를 연달아 만나려고. 어쨌든 오늘 밤은 다리 뻗고 잘 수 있겠소, 캐롤라인!"

그렇다. 제 아무리 누그러뜨리려 해도 그들의 마음은 점점 가벼워지기만 했다. 소리를 죽이고 모여들어 부모가 하는 말이 무슨 뜻인지 잘 알아듣지도 못하면서 귀를 쫑긋 세웠던 아이들의 얼굴도 밝아졌다. 그 영감이 죽음으로써 이 집은 더욱 화기애애해졌다. 스크루지의 죽음이 불러일으킨 감정으로 유령이 그에게 보여줄 수 있었던 감정은 '기쁨'이 유일했다.

"저의 죽음 때문에 마음 아파하는 사람의 모습도 보여주십시오. 그렇지 않으면 우리가 방금 떠났던 그 어두컴컴한 방이 머릿속에서 영영 잊히지 않을 것 같습니다, 유령님."

스크루지가 애원했다.

유령은 스크루지가 곧잘 다니던 몇몇 거리로 스크루지를 데리고 다녔다. 유령과 함께 거리를 다니면서 스크루지는 자신의 모습을 찾아보려고 여기저기를 둘러보았지만 아무데서도 자신의 모습은 보이지 않았다. 유령과 스크루지는 가엾은 밥 크래칫의 집으로 들어갔다. 전에 들러본 곳이었다. 크래칫 부인과 아이들이 난롯가에 둘러앉아 있었다.

집 안은 조용했다. 쥐 죽은 듯 고요했다. 떠들썩했던 크래칫 집안의 아이들은 한쪽 구석에 조각상처럼 꼼짝않고 앉아 앞에 책을 펼쳐둔 피터를 올려다보기만 했다. 어머니와 딸들은 바느질에 여념이 없었다. 하지만 확실히 모두들 너무나도 조용했다.

"어린아이 하나를 데려다가 그들 가운데 세우시고."*

스크루지는 이 말을 어디서 들었더라? 하고 생각했다. 꿈에서 들은 건 아니었다. 방금 전 스크루지가 유령과 함께 이 집에 들어서는 순간 피터가 소리 내어 읽고 있던 구절이 틀림없었다. 피터는 어째서 구절을 이어서 읽지 않는 걸까?

크래칫 부인이 탁자 위에 바느질감을 내려놓더니 손으로 얼굴을 가리며 말했다.

"옷 색깔 때문에 눈이 많이 아프구나."

그녀가 말했다.

옷 색깔이라니! 아아, 불쌍한 꼬마 팀.

"이젠 좀 괜찮아졌다. 촛불 때문에 시력이 안 좋아진 것 같구나. 무슨 일이 있어도 너희들 아버지한테는 침침해진 눈을 보여주고 싶지 않은데 말이지. 지금쯤이면 거의 다 오셨을 텐데."

---

* 마태복음 18장 2절, "천국에서는 누가 자라느냐라는 제자들의 질문에 예수께서 한 어린아이를 불러 저희 가운데 세우시고 가라사대 너희가 돌이켜 어린아이들과 같지 아니하면 결단코 천국에 들어가지 못하리라"라고 대답한 구절을 말한다.

"돌아오시고도 남을 시간이에요. 요 며칠 저녁때 보니까 아버지 걸음이 전보다 느려지신 것 같아요."

피터가 책을 덮으며 말했다.

그들은 다시 말없이 조용히 있었다. 마침내 크래칫 부인이 잠시 떨렸던 목소리를 바꿔 차분하고 활기찬 목소리로 말했다.

"네 아버지의 걸음은 꼬마 팀을 목말 태우고 걸었을 때 아주 빨랐단다."

"저도 알아요. 몇 번이고 그러셨다는 거."

피터가 울먹이며 말했다.

"나도 알아."

다른 아이가 따라 소리쳤다. 모두들 그 사실을 알고 있었다. 크래칫 부인이 바느질에 열중하며 말을 이었다.

"팀은 아주 가벼웠지. 너희 아버지는 그 아이를 아주 사랑했기 때문에 하나도 힘들어 하지 않으셨어. 하나도. 얘들아, 아버지 오셨다."

크래칫 부인은 서둘러 그를 맞이했다. 왜소한 밥은 여전히 털목도리를 두르고서(털목도리가 없으면 안 되는 불쌍한 사람 같으니) 집 안으로 들어섰다. 난로에 달아놓은 시렁에는 차가 준비되어 있었다. 누가 아버지한테 차를 가져다드릴지를 두고 아이들이 서로 다퉜다. 그러다 어린 크래칫 남매가 아버지의 무릎에 앉아서 아버지의 얼굴에 작은 뺨을 부볐다. 마치 '아빠, 속상해하지 마세요. 슬퍼하지도 마세요'라고 말하는 듯했다.

밥은 아이들 덕분에 기운을 차렸고 가족들에게 쾌활하게 말을 건넸다. 탁자 위에 놓인 바느질감을 보고 그는 아내와 딸들에게 부지런하고 손이 빠르다며 칭찬했다. 이렇게 손이 빠르니 일요일이 되기 전에 다 끝낼 수 있을 것 같다고도 덧붙였다.

"일요일이라고요! 그러고 보니 당신, 오늘 거기에 갔다왔군요?"

크래칫 부인이 울먹이며 말했다.

"그래요, 여보. 당신도 갔으면 좋았을 텐데. 어찌나 푸른지 당신도 봤으면 좋았을 거요. 하지만 앞으로는 당신도 자주 보게 될 텐데 뭐. 그 애한테 일요일마다 거기로 가겠다고 약속을 했거든. 아아, 사랑하는 우리 아들. 귀여운 우리 아들."

밥은 일순간 와르르 무너졌다. 참을 수가 없었다. 슬

픔을 참을 수 있었다면 아마도 지금보다 아이들과 떨어져 지내는 게 덜 힘들었을 것이었다.

밥은 거실을 떠나 위층에 있는 방으로 올라갔다. 위층은 환하게 불이 켜져 있었으며 크리스마스 장식도 걸려 있었다. 아이 바로 곁에 의자가 하나 놓여 있었고 누군가가 금방 다녀간 흔적도 남아 있었다. 가엾은 밥은 그 의자에 앉아 얼마간 생각을 하다가 진정이 되자 아이의 얼굴에 입을 맞추었다. 이미 일어난 일을 받아들이기로 마음을 먹은 밥은 기운을 차린 후 다시 아래층으로 내려갔다.

가족들은 난롯가에 둘러앉아 이야기를 나누었다. 크래칫 부인과 딸들은 여전히 바느질을 하고 있었다. 밥은 스크루지의 조카가 얼마나 친절하게 대해주었는지 가족들에게 얘기했다. 얼굴 한 번 본 게 전부였는데도 불구하고 거리에서 마주친 그날, 밥에게 아주 조금 우울해 보인다면서 무슨 안 좋은 일이라도 있었냐고 물었다는 것이다.

"그분이 그 어떤 신사보다도 상냥하게 말을 건넸기에 그 말을 듣고 내가 그분께 사실을 털어놓았지. 그랬더니 '정말 유감이네요. 크래칫 씨, 훌륭하신 부인 분께도 위로의 말씀을 전해 주십시오'라고 하더라고. 그런데 그 분이 그걸 어떻게 알았는지 모르겠단 말이야."

"뭘요, 여보?"

"당신이 훌륭한 부인이라는 걸 말이야."

"그건 누구나 다 아는걸요."

피터가 말했다.

"우리 아들, 말 한 번 잘했다. 네 말대로 사람들이 알아주었으면 좋겠구나. 그날 스크루지 조카께서 '훌륭하신 부인 분께도 위로의 말씀을 전해 주십시오. 도울 수만 있다면 무슨 일이든 돕겠습니다'라고 하더니 명함을 주면서 '그게 제 주소입니다. 부디 들러주십시오'라고 덧붙이더구나. 그분이 우리에게 뭔가 해줄 수 있어서가 아니라 그렇게 우리에게 마음을 써준다는 게 얼마나 고마웠는지 몰라. 우리 꼬마 팀을 오래 알고 지낸 것처럼 느껴지더라고. 우리와 같은 마음인 것처럼 느껴졌어."

"분명 좋은 분일 거예요."

크래칫 부인이 말했다.

"직접 만나서 얘기를 나눠보면 더 확실하게 느낄 수

있을 거요. 그분이 피터에게 더 좋은 자리를 마련해 준대도 전혀 놀라지 않을 거 같아."

밥이 말했다.

"피터, 아빠 말씀 잘 들어두렴."

크래칫 부인이 말했다.

"그럼 피터 오빠도 결혼해서 따로 살게 되겠네."

딸 중 한 명이 외쳤다.

"시끄러워."

피터가 웃으며 대꾸했다.

"아마도 머지않아 그렇게 될 거야. 하지만 우리에겐 아직 시간이 좀 남은 것 같구나. 우리가 언제 어떻게 서로 헤어지더라도 가여운 팀과 우리에게 처음 찾아온 이번 이별을 잊지 말자꾸나."

"절대로요, 아버지!"

아이들이 이구동성으로 외쳤다.

"그래, 아버지도 안다, 알고말고. 팀이 나이는 어렸어도 얼마나 참을성 많고 순한 아이였는지 잊지 않는다면 우리끼리 서로 다투는 일도, 팀을 잊어버리는 일도 없을 거야."

"그럼요, 절대로 그런 일은 없을 거예요, 아버지."
아이들이 이번에도 이구동성으로 외쳤다.
"이 아버지는 정말 행복하구나. 정말 행복해."
밥이 말했다.
크래칫 부인이 밥에게 입을 맞추었다. 이어 딸들도, 크래칫 집안의 어린 두 남매도 제 아버지에게 입을 맞추었다. 피터는 아버지의 손을 꼭 잡아주었다. 꼬마 팀의 영혼이여, 그대의 어린이다운 본성은 하느님께 받았구나.
"유령님. 무언가가 유령님과 제가 헤어질 순간이 가까워졌다고 말하고 있는 것 같군요. 그렇지만 우리가 어떻게 헤어질지는 저도 모르겠습니다. 그러니 어서 말씀해 주십시오. 죽어서 누워 있던 아까 그 남자는 누군가요?"
스크루지가 유령에게 물었다.
미래의 크리스마스 유령은 방금 전에 그들이 들렀었던 상인들이 자주 드나드는 곳으로 스크루지를 데리고 갔다. 스크루지는 다른 시간으로 온 것 같다고 생각했지만 미래의 크리스마스 유령이 보여주는 환영은 미래라는 점만 빼면 시간이 오락가락하는 듯했다. 여전히 스크루지는 자신의 모습을 찾을 수 없었다. 과연 유령은 당장 가야할 곳이라도 있는 것처럼 어디에도 머물지 않고 곧장 앞으로 나아가기만 했다. 급기야 스크루지가 잠깐만 머무르게 해달라고 애원하기까지 했다.

"지금 우리가 서둘러 지나고 있는 이 골목에 제가 오랫동안 일하던 사무실이 있습니다. 그 건물이 보여요. 제가 다가올 미래에 어떤 모습일지 보게 해주십시오."

유령이 멈춰서서 다른 곳을 손으로 가리켰다.

"제가 말한 건물은 저쪽입니다. 어째서 엉뚱한 곳을 가리키시는지요?"

스크루지가 소리쳤다. 그러나 유령의 무정한 손가락은 꿈쩍도 하지 않았다.

스크루지는 황급히 자기 사무실 창가로 가서 안을 들여다보았다. 그곳은 여전히 사무실로 쓰이고 있었지만 그의 사무실은 아니었다. 가구도 달랐고 의자에 앉아 있는 사람도 그가 아니었다. 유령은 여전히 아까와 같은 곳을 가리켰다.

스크루지는 다시 한번 유령을 따라갔다. 자신이 왜

가는지, 어디로 가는지 궁금해 하면서 따라가다 보니 눈앞에 철문 하나가 나타났다. 그곳에 들어가기 전 스크루지는 잠깐 동안 멈춰 서서 주변을 둘러보았다.

그곳은 교회 묘지였다. 바로 이곳에 그가 곧 이름을 알게 될 비참한 사내가 땅속에 묻혀 있었다. 그곳은 그 비참한 사내가 묻힐 법한 장소처럼 보였다. 주택에 둘러싸여 답답하고 온갖 잡초가 우거져 있어 식물이 자라기는커녕 죽어 가기에 딱 좋은 환경이었다. 시신이 다닥다닥 묻혀 있어 포화 상태가 된 묘지는 왕성한 식욕 때문에 뒤룩뒤룩 살쪄 있었다. 비참한 사내에게 참으로 잘 어울리는 장소였다!

유령은 무덤들 사이에 서서 어떤 무덤을 손가락으로 가리켰다. 스크루지는 벌벌 떨며 그 무덤 쪽으로 갔다. 유령은 지금까지와 조금도 다름없는 모습이었지만 스크루지는 근엄한 유령의 형상에서 새로운 의미를 본 것 같아 두려웠다.

"유령님이 가리킨 저 묘비에 가까이 다가가기 전에 한 가지만 대답해 주십시오. 지금 이것들은 정해진 미래를 보여주는 환영입니까, 아니면 가상의 미래를 보여주는 환영에 불과합니까?"

유령은 여전히 자신이 서있는 곳 아래에 있는 무덤만 가리켰다.

"사람의 인생길은 한 길만 고집하면 그 종착지가 어디가 될지 알 수 있습니다. 하지만 그 길에서 벗어나면 종착지는 바뀌게 되어 있지요. 유령님이 보여주시려는 것도 이와 같다고 말씀해 주십시오!"

스크루지의 말에도 불구하고 유령은 이제까지와 마찬가지로 꼼짝도 하지 않았다.

스크루지는 벌벌 떨면서 유령이 가리킨 무덤 쪽으로 엉금엉금 기어갔다. 유령의 손가락을 좇아 방치된 무덤의 묘비를 읽어보았다. 그곳에는 자신의 이름 '에브니저 스크루지'가 적혀 있었다.

"그렇다면 침대에 누워 있었던 남자가 저인가요?"

스크루지는 무릎을 꿇고 울부짖으며 물었다.

유령은 무덤을 가리켰던 손가락으로 스크루지를 가리켰다가 다시 무덤을 가리켰다.

"안 돼요, 유령님! 오오, 안 돼요, 안 돼!"

손가락은 여전히 무덤을 가리키고 있었다.

The Last of the Spirits.

마지막 유령

London, Chapman & Hall. 186 Strand.

"유령님! 제 말 좀 들어보십시오. 저는 더 이상 예전의 제가 아닙니다! 이번 일을 겪지 않았았다면 그런 사람이 됐겠지만 이제 저는 그런 사람이 되지 않을 겁니다. 제게 가망이 전혀 없다면 이런 장면들을 왜 저에게 보여주시는 건가요?"

스크루지가 유령의 옷을 움켜쥐고 울면서 외쳤다. 그 때 처음으로 유령의 손가락이 떨리는 것 같았다.

"관대하신 유령님! 유령님은 저를 가엽게 여기고 곤경에서 구하고자 하는 천성을 타고나셨지요. 제가 새사람이 되어 다르게 살게 된다면 지금까지 보여준 환영을 바꿀 수도 있다고 부디 약속해 주십시오."

스크루지가 유령 앞에 넙죽 엎드린 채 애원했다. 마음이 약해진 유령의 손이 떨렸다.

"앞으로는 진심을 다해 크리스마스를 기리고 일 년 내내 그 정신을 따르겠습니다. 과거와 현재와 미래를 되새기며 살겠습니다. 세 유령님 모두 제 마음속에 모시고 가르쳐주신 교훈을 저버리지 않겠습니다. 그러니 제발 이 묘비에 적힌 이름을 지울 수 있다고 말씀해 주십시오."

스크루지는 괴로워하며 유령의 손을 붙잡았다. 유령은 손을 빼내려고 했지만 간절한 마음 때문인지 힘이 세진 스크루지의 손을 뿌리치지 못했다. 그러나 본래 스크루지보다 힘이 센 유령은 스크루지의 손길을 곧 뿌리칠 수 있었다.

스크루지가 두 손을 들고 자신의 운명을 바꿔달라고 마지막으로 간청하려는데, 유령의 두건과 옷이 다른 모습으로 바뀌고 있는 모습이 보였다. 유령의 옷가지들은 점점 쪼그라들고 줄어 마침내 침대의 기둥으로 변했다.

5부
마지막

그랬다! 그 침대 기둥은 스크루지의 것이었다. 침대도 스크루지의 침대였고, 방도 스크루지의 방이었다. 무엇보다도 기쁘고 다행스러운 것은 앞으로 남은 시간도 스크루지 자신의 시간이어서 잘못을 바로잡을 수 있다는 것이었다!

"과거와 현재와 미래를 되새기며 살겠습니다. 세 유령님 모두 제 마음 속에 남아 있을 것입니다. 아, 제이콥 말리! 하느님과 크리스마스를 찬양하세! 이보게, 제이콥, 지금 무릎을 꿇고 자네의 친구인 내가 이렇게 말하고 있다네."

스크루지가 침대에서 뛰쳐나와 같은 말을 되뇌었다.

하루라도 빨리 착하게 살아야겠다는 생각에 가슴이 두근거리고 벅차오른 스크루지는 목이 메어 마음껏 소리를 낼 수가 없었다. 게다가 방금 전까지 유령과 옥신각신 하면서 심하게 흐느낀 탓에 얼굴은 눈물범벅이었다.

"아, 아직 뜯어가지 않았어! 고리며 봉까지 그대로 있구나. 휘장도 여기 그대로 있어, 나도 여기 그대로고. 앞으로 벌어졌을지 모르는 미래의 환영은 쫓아버릴 수 있는 거로구나. 아니 쫓아 버릴 거야! 암 그렇게 하고말고!"

스크루지는 침대 휘장 한 자락을 팔로 끌어안은 채 외쳤다.

그렇게 혼잣말을 하는 동안 스크루지는 옷을 걸쳤다. 옷을 뒤집어 입기도 했고 거꾸로 입기도 했으며, 옷을 찢기도 하고 엉뚱한 데 걸치기도 하면서 난리법석을 떨었다.

"무엇부터 해야 할지 모르겠어! 마음이 깃털처럼 가볍고 천사처럼 행복하고 아이처럼 신이 나네! 술 취한 사람처럼 어질어질하기도 하고! 모두들 메리 크리스마스! 온 세상 사람들에게 새해 복 많이 받으라고 외치고 싶어! 야호! 야호!"

스크루지는 자기 몸에 긴 양말을 라오콘* 모양으로 만들면서 울다가 웃다가 했다.

스크루지는 깡충깡충 뛰어 거실로 갔다. 그렇게 서 있으려니 스크루지는 숨이 턱까지 차오르는 것 같았다.

"저기 귀리죽 끓이던 냄비가 있군. 저기 저 문으로 제이콥 말리 유령이 들어왔었지. 저쪽 구석에서는 현재 크리스마스의 유령이 앉아 있었고. 저쪽 창문으로는 유령들이 떠다니는 게 보였었어. 맞아, 다 사실이고 정말로 일어났던 일이야! 하하하!"

스크루지는 깡충거리며 난롯가 주위를 돌았다.

그토록 오랜 세월 웃어본 적 없는 사람 치고 스크루지의 웃음은 아주 호쾌하고 환한 웃음이었다. 이때 그의 모습은 앞으로 오래도록 이어질 웃음의 시작점이었다.

"오늘이 며칠인지도 모르겠네. 유령과 얼마나 오랫동안 함께 있었던 건지도 모르겠고. 아무것도 모르겠어. 마치 아기가 된 것 같아. 하지만 걱정할 것 없어. 난 상관없으니까. 차라리 아기가 되겠어. 야호! 신난다! 어이,

---

* 트로이의 아폴로 신전의 사제이다. 그리스군의 목마 계략을 미리 알고 목마를 성 안에 들여서는 안 된다고 주장했다.

여기야!"

스크루지가 다시 한 번 큰소리로 외쳤다. 자신의 기쁨에 도취되어 있던 스크루지의 귀에 이제껏 들어본 종소리 중 가장 우렁찬 종소리가 들려왔고 스크루지는 멈칫했다. 땡땡, 쨍그랑, 댕댕, 딩동 댕동! 오, 웅장하구나, 웅장해!

스크루지는 바로 창가로 달려가 창문을 활짝 열고 고개를 내밀었다. 안개는 모두 걷혔고 가랑비도 멈췄다. 맑고 밝고 화창하고 마음을 싱숭생숭하게 하는 추위, 피가 들끓어 춤추고 싶게 하는 추위. 황금빛 햇살, 근사한 하늘, 달콤하고 신선한 공기, 경쾌한 종소리. 오, 즐거워라, 즐거워라!

"오늘이 며칠이냐?"

스크루지는 저 아래 모처럼 차려입고 지나가던 소년을 보고 소리쳤다. 소년은 주위를 두리번거리며 어슬렁어슬렁 걸어가고 있던 중이었다.

"네?"

소년이 깜짝 놀라 소리쳤다.

"오늘이 며칠이냐고 물었다, 꼬마 친구!"

"오늘이요? 오늘은 크리스마스죠."

"크리스마스로구나! 다행히 놓치지 않았네! 세 유령님께서 그 모든 일을 하룻밤 사이에 마쳤군 그래. 그분들은 마음먹은 일은 무엇이든 할 수 있겠지. 하긴 왜 못하겠어. 당연히 할 수 있지."

스크루지가 혼잣말을 했다.

"꼬마 친구!"

스크루지가 다시 소년에게 외쳤다.

"왜요 아저씨?"

소년이 대꾸했다.

"너 요 다음다음 거리 모퉁이에 있는 칠면조 가게 아니?"

"당연히 알죠."

"똑똑한 아이로구나! 아주 똘똘해. 그 가게에 걸려 있던 최고급 칠면조가 팔렸는지는 혹시 아니? 작은 놈 말고 큰 놈 말이다."

"저처럼 큰 칠면조요?"

"너 정말 똑똑하구나! 너랑 얘기하니까 속이 다 시원하구나. 그래, 그거 말이다."

"그거 지금도 걸려 있어요."

"그렇군! 그럼 네가 지금 가서 사다줬으면 좋겠구나!"

"농담이시죠!"

소년이 깜짝 놀라 소리쳤다.

"아니, 아니야. 진담이야. 가서 일단 여기로 가져다 달라고 하렴. 그러면 그걸 어디로 배달해야 할지 내가 일러줄 테니. 배달부를 데리고 와주면 1실링을 주마. 5분 안에 오면 반 크라운을 더 주고!"

소년은 총알처럼 뛰어갔다. 설사 방아쇠에 손을 단단히 걸치고 있었더라도 총알은 소년의 반만큼도 빨리 튀어나가지 못했을 것이다.

"칠면조를 밥의 집으로 보내야겠어. 그 친구는 누가 보냈는지 생각지도 못하겠지. 칠면조가 꼬마 팀의 두 배는 되겠군. 조 밀러*도 밥한테 칠면조를 보내는 일만큼 웃긴 농담은 못 해 봤을 거야."

손을 비비며 중얼거리던 스크루지는 크게 웃어보였다.

밥의 주소를 적는 스크루지의 손이 잠시 떨렸지만 그

---

* 배우로 활동한 사람으로, 그의 사후에 《조 밀러의 농담집》이라는 책이 인기를 끌면서 시시한 농담의 대명사가 되었다.

래도 스크루지는 무사히 모든 주소를 적을 수 있었다. 스크루지는 칠면조 배달부가 올 때를 대비해서 대문을 열어놓으려고 아래층으로 내려갔다. 거기 그렇게 서서 배달부가 도착하기를 기다리는데 노커가 스크루지의 눈에 들어왔다.

"내가 살아 있는 한 이 노커를 아껴줘야지. 전에는 눈길도 주지 않았는데. 얼마나 정직한 표정인지, 정말 훌륭한 노커라니까! 아, 칠면조가 왔군! 이보게 여기라네! 안녕하신가? 메리 크리스마스!"

칠면조가 배달됐다. 이 녀석은 두 다리로 서는 게 불가능했을 것만 같이 매우 컸다. 만약 두 다리로 섰다가는 봉랍을 할 때 쓰는 막대처럼 순식간에 툭 부러졌을 것이다.

"이런, 캠던 타운까지 못 들고 가겠는걸. 짐마차가 있어야겠네."

스크루지가 말했다. 스크루지는 이 말을 하면서 껄껄 웃었고 칠면조 값을 치르면서도, 짐마차의 삯을 치르면서도, 심부름을 다녀온 소년에게 사례를 하면서도 킬킬거리며 웃었다. 웃느라 숨이 차서 의자에 앉았지만 그래도 계속 웃음이 나왔다. 너무 웃은 나머지 급기야 스크루지가 눈물을 글썽였다.

스크루지는 떨리는 손 때문에 쉽게 면도를 끝마치지 못했다. 면도를 하려면 집중이 필요했다. 춤을 추지 않고서 면도를 하는 게 아니더라도 집중력은 필요한 법이었다. 하지만 면도를 하다가 코끝을 베었더라도 스크루지는 반창고 하나를 붙이고 그걸로 족했을 것이다.

스크루지는 가장 좋은 옷을 차려입고 마침내 거리로 나섰다. 현재의 크리스마스 유령과 함께 봤던 것처럼 사람들이 우르르 거리로 쏟아져 나오고 있었다. 뒷짐을 지고 걸으면서 스크루지는 모두에게 환한 미소를 지어보였다. 스크루지의 얼굴이 그냥 지나치지 못할 만큼 유쾌해 보였기에, 역시 기분이 좋았던 서너 사람이 "좋은 아침입니다. 선생님도 크리스마스 즐겁게 보내십시오!"라고 스크루지에게 인사를 건넸다. 그 후로도 스크루지는 여태까지 들어본 말 중에 그날 받은 인사만큼 듣기 좋은 소리는 없었다고 두고두고 얘기하곤 했다.

얼마 가지 않아 스크루지는 풍채 좋은 사내가 자기 쪽으로 다가오는 것을 보았다. 그 사내는 전날 스크루지의 회계 사무실로 들어와 "스크루지와 말리 씨 사무실이 맞지요?" 하고 물었던 사내였다. 두 사람이 맞닥뜨렸을 때 이 나이든 신사가 자기를 어떻게 여길까 생각하니 가슴이 아파왔다. 하지만 스크루지는 자기 앞에 어떤 길이 놓여있는지 잘 알았고 그 길을 택하기로 했다.

"안녕하신지요? 어제 모금이 대성공을 거두었기를 바랍니다. 저를 찾아주셔서 참으로 감사했습니다. 즐거운 크리스마스 되십시오."

스크루지가 걸음을 재촉해 두 손으로 그 나이든 신사를 붙잡으며 말했다.

"스크루지 선생님이신가요?"

"예, 그게 제 이름이지요. 아마 제 이름이 썩 유쾌하게 들리진 않으실 겁니다. 부디 제 사과를 받아주십시오. 그리고 부탁이 있습니다만……."

스크루지는 나이든 신사의 귀에 대고 속삭였다.

"세상에! 스크루지 선생님, 진심이십니까?"

나이든 신사가 숨이 넘어갈 듯 깜짝 놀라며 물었다.

"부탁드립니다. 단 한 푼도 사양하시면 안 됩니다. 그간 미처 내지 못한 돈까지 한꺼번에 내는 겁니다. 제 부탁을 들어주시겠습니까?"

"선생님, 이런 거액을 쾌척해 주시니 무슨 말씀을 드려야 할지……."

나이 든 신사가 악수를 나누며 말했다.

"아무 말씀도 하지 마세요. 저희 사무실에 한 번 와 주세요. 그래주시겠지요?"

스크루지가 말했다.

"물론입니다!"

나이든 신사가 외쳤다. 누가 봐도 나이든 신사의 말은 빈말이 아니었다.

"고맙습니다. 정말 고맙습니다. 백 번 천 번 감사드립니다. 신의 축복이 있기를!"

스크루지가 말했다.

스크루지는 교회에 갔다가 거리를 이리저리 거닐면서 사람들이 정신없이 오가는 모습을 지켜보았다. 아이들의 머리를 쓰다듬어주고, 거지에게 이것저것 물어보기도 하고, 다른 집 부엌을 들여다보기도 하고, 창문을 올려다보면서 사소한 모든 것에서도 행복을 느낄 수 있다는 사실을 깨달았다. 전에는 산책과 같은 사소한 일이(산책 아니라 그 어떤 것이든) 이렇게 크나큰 행복을 느낄 수 있으리라 꿈에도 생각해 본 적이 없었다. 스크루지는 오후가 다 되어 자신의 조카가 살고있는 집 쪽으로 발길을 돌렸다.

문을 두드릴 용기가 나지 않아 스크루지는 조카의 집 문을 열 번도 넘게 지나쳤다. 그러다 단숨에 계단을 올라 문을 두드렸다.

"주인어른 계신가, 아가씨?"

스크루지가 소녀에게 물었다.

"계십니다, 어르신."

"착한 아이로군. 정말 착해. 그분은 어디 계신가?"

"주인마님하고 식당에 계십니다, 괜찮으시면 위층으로 모시겠습니다."

"고맙네. 나는 주인어른하고 아는 사이라네. 그러니 혼자 들어가겠네."

스크루지가 식당으로 들어가는 문의 손잡이에 손을 얹으며 말했다.

스크루지는 손잡이를 조심스럽게 돌리고 문 뒤로 가만히 얼굴을 들이밀었다. 조카 부부는 멋들어지게 차려놓은 식탁을 바라보고 있었다. 요즘 젊은 주부들은 늘 상차림에 신경을 쓰기 때문에 모든 게 제대로 준비되었는지 확인하고 싶어 했다.

"프레드."

스크루지가 조카의 이름을 불렀다.

"세상에나!"

스크루지의 조카며느리는 화들짝 놀랐다. 스크루지는 조카며느리가 발받침에 발을 올려놓고 식당 한구석에 앉아 있다는 사실을 깜빡했던 것이다. 만약 알았더라면 절대로 그렇게 이름을 불쑥 부르며 들어오진 않았을 것이다.

"오오, 이런! 이게 누구십니까?"

스크루지의 조카인 프레드가 큰 소리로 말했다.

"나다. 스크루지 삼촌. 저녁 식사를 하러 왔단다. 들어가도 되겠니, 프레드?"

"되고말고요!"

프레드가 스크루지의 팔을 어찌나 세게 흔들었던지 팔이 떨어져나가지 않은 게 다행이었다. 스크루지는 5분 만에 제집에 있는 것처럼 편안함을 느꼈다. 누구도 이보다 따뜻하게 맞이해 줄 수는 없으리라. 조카며느리도 편안한 것 같아 보였다. 나중에 온 토퍼의 표정도 마찬가지였고 조카의 통통한 처제도 마찬가지였다. 모두들 따뜻하게 스크루지를 맞아주었다. 흥겨운 파티에서 흥미진진한 놀이를 하며 모두와 하나가 되어 행복한 시간을 보냈다.

스크루지는 다음날 아침 사무실에 일찍 나갔다. 정말로 일찍 나갔다. 먼저 도착해서 늦게 들어오는 밥 크래칫을 마주할 작정이었다. 그것이 스크루지가 마음먹은 일이었다.

스크루지는 해냈다. 정말로! 시계가 9시를 가리켰다. 밥은 나타나지 않았다. 15분이 지났다. 그때도 밥은 나타나지 않았다. 밥은 18분하고도 30초나 지나서 모습을 보였다. 스크루지는 밥이 자기 자리로 들어가는 모습을 놓치지 않으려고 자기 사무실 문을 활짝 열어놓고서 앉아 있었다.

밥은 사무실 문을 열기도 전에 모자를 벗고 긴 털목도리를 풀었다. 곧바로 자기 걸상에 앉아 부지런히 펜을 놀렸다. 이미 지나버린 9시를 따라잡기라도 하려는 것 같았다.

"자네 왔는가? 이 시간에 나타나다니 어쩌자는 건가?"

스크루지가 최대한 평상시에 가까운 목소리로 밥 크래칫을 꾸짖었다.

"죄송합니다, 사장님. 제가 좀 늦었습니다."

밥이 그의 말에 대답했다.

"그래, 늦었지. 자넨 늦었어. 괜찮으면 이리 와보게."

스크루지가 밥에게 말했다.

"일 년에 딱 한 번뿐이지 않습니까, 사장님. 다시는 그런 일 없을 겁니다. 어제 조금 즐겁게 노는 바람에……."

밥이 스크루지에게 애원하며 말했다.

"지금부터 내 얘기 잘 듣게, 자네. 이제 더는 이런 일을 그냥 넘기지 않을 걸세. 따라서……."

스크루지가 의자에서 벌떡 일어나 밥의 옆구리를 쿡 찌르는 바람에 밥이 휘청거리며 다시 제자리에 앉게 됐다.

"이제 자네 봉급을 올려줄 참이네."

밥은 벌벌 떨면서 자가 있는 쪽으로 살금살금 다가가던 참이었다. 스크루지를 자로 때려눕혀 붙잡은 다음 골목에 있는 사람들한테 도움을 요청해서 구속복을 가져다달라고 해야겠다는 생각이 퍼뜩 들었기 때문이다.

"메리 크리스마스, 밥. 이 착한 친구야, 오랫동안 나 때문에 즐기지 못한 크리스마스까지 몰아서 더 즐겁게 보내게! 봉급도 올려주고 고생하는 가족들도 최대한 돕겠네. 우리 따뜻하게 데운 와인이나 들면서 당장 오늘 오후부터 자네 일부터 의논해 보세. 불도 활활 피우고 펜을 들기 전에 석탄 통도 하나 더 사오게나, 밥 크래칫!"

스크루지는 스스로에게 약속한 것 이상을 베풀었다. 자신이 하겠다고 한 일은 물론이고 그 후로도 계속 좋은 일을 했다. 죽지 않은 꼬마 팀에게는 대부가 되어주었다. 그 후에 스크루지는 오래된 이 도시뿐만 아니라 이 아름다운 세상의 다른 오래된 도시, 작은 도시, 그보다 더 작은 도시에서도 좋은 친구, 좋은 주인, 좋은 인간으로 정평이 났다. 개과천선한 스크루지를 보고 비웃은 이들도 있었다. 현명해진 스크루지는 이 세상에는 누군가 선행을 베풀면 처음에는 비웃는 사람들이 있게 마련이라는 사실을 잘 알고 있었다. 스크루지는 비웃을 테면 비웃으라고 그들을 내버려두고 개의치 않아 했다. 사람들이 비웃음 때문에 눈가에 주름이 생기는 게 차라

리 병에 걸리는 것보다 낫다고 생각했기 때문이다. 자신만 진심으로 웃으면 그것으로 족할 뿐이었다.

스크루지는 그 뒤로 더는 유령과 마주치지 않았다. 그러나 그 후로도 유령이 찾아올 만한 일은 절대로 하지 않으면서 살았다. 사람들이 스크루지를 평할 때 늘 따라붙는 말이 있었으니, 그것은 크리스마스를 제대로 기릴 줄 아는 이가 있다면 단연 스크루지라는 것이었다. 우리 모두에게도 그런 말이 따라붙기를! 자, 꼬마 팀의 말처럼 신이여 우리 모두에게, 한 사람 한 사람에게 축복을 내리소서!

찰스 디킨스에 관해

영국의 유명 작가 찰스 디킨스는 영국 남부 해안도시인 포츠머스에서 1812년 2월 7일 8남매의 둘째로 태어났다. 아버지 존 디킨스는 해군 경리국의 하급 관리로 일확천금을 꿈꿨다. 어머니 엘리자베스 버로우는 교사가 되어 학교장이 되고 싶어 했다. 그러나 부모가 온갖 노력을 기울였음에도 불구하고 디킨스 가족은 가난을 면하지 못했다. 그럼에도 디킨스의 유년시절은 비교적 행복했다. 그러다가 1816년 켄트 주 채텀으로 이사했고, 그곳에서 어린 디킨스와 형제자매들은 시골을 자유로이 돌아다니며 로체스터의 옛 성을 탐험하기도 했다.

1822년, 디킨스 가족은 런던 빈민가인 캠던 타운으

로 이사했다. 아버지 존 디킨스가 분수에 맞지 않게 사치스러운 생활을 하는 바람에 극심한 재정 문제에 빠졌기 때문이다. 결국 디킨스의 아버지는 찰스 디킨스가 열두 살이 되던 해인 1824년 빚 때문에 감옥에 수감되었다. 아버지의 투옥으로 디킨스는 학업을 중단하고 템스 강변에 있던 구두약 공장에서 일을 해야 했다. 쥐가 들끓는 열악한 공장에서 디킨스는 벽난로 청소에 쓰이는 "검정 구두약" 병에 라벨을 붙이는 일로 일주일에 6실링을 벌었다. 그것이 가계에 보탬이 될 수 있는 최선의 방법이었다. 그때의 경험을 회상하면서 디킨스는 그 시절을 순수한 유년기에 작별을 고한 시기로 보았다. '그토록 어린 나이에 그렇게 쉽게 버림받을 수 있다는 사실'에 놀랐으며, 자신을 보살펴주어야 할 어른에게 버림받고 배신당한 기분이 들었다고 고백한 바 있다. 그가 어린시절 느꼈던 이런 감정들은 후에 디킨스가 작품에서 자주 다루는 주제가 되었다.

천만다행으로 아버지가 가문의 재산을 상속받아 빚을 청산하자 디킨스는 학교로 돌아갈 수 있었다. 하지만 열다섯에 다시 한번 학교를 떠나야만 했고 그 때문에 디킨스는 학업을 또다시 중단해야 했다. 1827년, 디킨스는 학교를 자퇴한 후 사환(使喚)이 되어 경제적으로 집안을 도와야 했다. 디킨스의 이러한 경험은 후에 작가로서 발전하는 데에 중요한 바탕이 되었다.

사환으로 들어간 지 1년도 안 되어, 디킨스는 프리랜스 법정 속기사가 되었다. 몇 년 후, 그는 런던의 주요 신문사 두 군데의 법원 출입 기자가 되었으며 1833년 '보즈'라는 가명으로 이런저런 잡지 및 신문에 런던의 풍물과 시민의 삶에 관한 스케치를 게재하기 시작했다. 1836년 클리핑 기사를 엮은 첫 책《보즈의 스케치(Sketches by Boz)》를 출간했다. 이때 거둔 성공으로 캐서린 호가스의 관심을 사로잡게 되고 두 사람은 곧바로 결혼한다. 캐서린은 1858년 별거하기까지 자식을 열이나 낳아 디킨스에게 다복한 가정을 꾸려주었다.

《보즈의 스케치》가 출간된 해에, 디킨스는 〈피크위크 클럽의 사후 기록〉 게재를 시작했다. 화가 로버트 시무어가 스포츠를 주제로 그린 유머러스한 삽화를 그리고, 거기에 대한 설명으로 디킨스가 원고를 게재했었는데, 이것이 독자들에게 큰 인기를 끌게 되어 매달 잡지에 실리게 된 것이다. 로버트 사무어의 삽화보다 그 삽화를 설명하는 디킨스의 글이 더 큰 인기를 얻은 셈이었다.

이즈음 디킨스는 《벤틀리의 미셀러니》라는 잡지의 발행인이 되었으며, 그 잡지에 자신의 첫 소설 〈올리버 트위스트(Olver Twist)〉를 게재하기도 했다. 이 소설은 거리에서 생활하는 한 고아의 생애를 따라가는 이야기로, 디킨스가 빈곤에 처한 어린이가 스스로 생활비를 벌 수밖에 없는 처지에 몰렸을 때 느낀 감정에서 영감을 받았다고 전한다. 디킨스는 《하우스홀드 워즈》와 자신이 창간했던 잡지 《올더이어라운드》에 〈올리버 트위스트〉를 이어 연재했다. 〈올리버 트위스트〉는 영국과 미국에서 엄청난 극찬을 받았다. 〈올리버 트위스트〉의 열렬한 독자들은 이 소설 때문에 다음 달 잡지를 손꼽아 기다릴 정도였다.

그 후 몇 년 동안 디킨스는 〈올리버 트위스트〉의 성공에 걸맞은 작품을 써야 한다는 부담감에 힘든 나날을 보냈다. 그런 중에도 디킨스는 1838년부터 1841년까지 〈니콜라스 니클비의 생애와 모험(The Life and

Adventures of Nicholas Nickleby)〉, 〈골동품 상점(The Old Curiosity Shop)〉, 〈버너비 러지(Barnaby Rudge)〉 등의 작품을 발표했다.

1842년에 디킨스는 부인 케이트와 함께 미국으로 5개월에 걸친 순회강연에 나섰다. 미국에서 돌아오자마자 디킨스는 여행기인 〈미국에 관한 단상(American Notes for General Circulation)〉을 통해 미국 문화와 물질주의를 냉소적으로 비판했다. 이듬해 1843년, 디킨스는 소설 〈마틴 처즐위트의 생애와 모험(The Life and Adventures of Martin Chuzzlewit)〉을 썼다. 이 소설은 무자비한 미국 국경에서 살아남으려 안간힘을 쓰는 한 사나이의 이야기를 담았고 1844년에 책으로 출간되었다.

그 후 몇 년에 걸쳐 디킨스는 크리스마스 이야기 두 편을 발표했다. 하나는 〈크리스마스 캐럴(A Christmas Carol)〉로 시대를 초월한 주인공 구두쇠 에브니저 스크루지가 유령의 도움을 받아 크리스마스의 정신을 깨닫게 된다는 내용을 담고 있는 고전이다. 이 이야기는 디킨스의 작품들 중에서도 가장 많이 영화화된 작품이다. 이 간단한 교훈을 담은 이야기가 다른 크리스마스물을 능가했던 이유는 단순히 인기뿐만이 아니라 크리스마스에 대한 서구인들의 인식 자체를 바꿔놓았다는 점에 있다. '메리 크리스마스'라는 문장을 대중적으로 만든 것도 디킨스의 이 단편소설이 한몫을 했다고 볼 수 있을 정도다.

어떤 역사가들은 이 책이 크리스마스의 중요성을 부각시킨 소설이며, 영미의 청교도적 사회 속에서 이교도 문화라며 짓눌렸던 축제 문화를 복권시킨 소설이라 평가하기도 한다. 역사가 로너들 휴튼에 따르면 오늘날 우리가 생각하는 크리스마스의 문화는 중기 빅토리아 사회에 〈크리스마스 캐럴〉이 성공하면서 형성된 것이라고 한다. 18세기 말과 19세기 초까지만 하더라도 크리스마스는 공동체 및 교회가 중심이 되는 공적 행사였다. 이와 달리 디킨스는 크리스마스를 가족 중심으로 이루어지는 풍성한 축제로 생각했고, 그 견해가 확산되는 데에 그의 소설 〈크리스마스 캐럴〉이 큰 공헌을 했다고 봐도 무방할 것이다. 디킨스는 이 소설로 서구 축제 문화에 다방면으로 영향을 끼치기도 했다.

1842년 처음으로 미국 순회강연을 도는 동안, 디킨

스는 스스로를 근대 최초의 유명인사로 여겼다. 그는 노예제를 반대한다고 공언하고 개혁을 공공연히 지지했다. 버지니아에서 시작해 미주리에서 끝난 디킨스의 강연은 청중이 구름처럼 몰려와 암표장수들이 강연장 밖에 모여들 정도였다. 전기작가 B. J. 프리슬리는 그 순회강연 중 디킨스가 "미국을 방문한 그 누구보다도 가장 열렬한 환영을 받았다"고 쓰기도 했다. 디킨스는 익히 알려진 대로 "내가 무슨 우상이라도 되는 양 주변에 모여들었다"고 스스로 자랑한 바 있다. 처음에는 그도 그런 인기를 즐겼지만 결국 사생활 침해에 크게 분개했고 후에 〈미국에 관한 단상〉에서 밝혔듯 미국인들의 지나친 사교성과 상스러운 생활습관에 짜증을 느끼기도 했다. 첫 번째 순회강연 기간 중 미국인들을 보고 부정적 인상을 받았으면서도 디킨스는 1867년부터 1868년까지 2차 순회강연에 나서 미국 대중과의 관계를 바로잡아 보려 했다. 두 번째 순회강연 때 카리스마 넘치는 연설을 통해 미국의 긍정적 변화를 인정하면서 이전 방문 이후 부정적 반응은 보인 데 대해 사과하고는, 〈미국에 관한 단상〉과 〈마틴 처즐위트의 생애와 모험〉

재판이 나오게 되면 당시 연설 내용을 첨부하겠다고 약속하기도 했다.

당시에는 낭독회가 작가의 주요한 수입원이었고 디킨스는 자신의 작품을 낭독하고 다니는 것을 즐겼다고 한다. 디킨스가 낭독을 워낙 실감나게 해서 그의 낭독회는 엄청난 인기를 끌었다. 76회에 걸친 낭독회로 빅토리아 시대에 자그마치 9만 5천 달러나 벌어들였는데 요즘 돈으로 환산하면 대략 150만 달러 정도가 된다고 한다. 영국으로 돌아온 디킨스는 너무나 유명해져서 런던 시내 어디를 가든 사람들이 얼굴을 알아보았다고 한다.

1845년 미국을 순회한 뒤, 디킨스는 이탈리아에서 1년을 보내며 《이탈리아 여행기(Pictures from Italy)》를 썼다. 그 후 2년에 걸쳐 다음 소설 〈돔비 상사(Dealing with the Firm of Dombey and Son)〉 연재를 시작했다. 이 소설은 사업 전략이 한 가정의 재정에 어떤 영향을 미치는가를 다룬 이야기였다. 이 소설에서 디킨스는 영국을 비관적으로 서술했다.

1849년부터 1850년까지 디킨스는 《데이비드 카퍼필드(David Copperfield)》를 집필했다. 그의 작품 중 최초로 특정 등장인물의 일상만을 좇는 형식을 취한 소설이었다. 디킨스는 어려웠던 어린 시절 기자로 일했던 경험을 토대로 이야기를 써내려갔다. 《데이비드 카퍼필드》가 디킨스 최고의 작품으로 평가받고 있지는 않지만 작가 스스로가 이 작품을 가장 좋아했다고 한다. 또한 현재 대중들에게 디킨스식 소설에 대한 대중의 기대를 규명하는 데 도움을 준 중요한 작품이라고 평가받고 있다.

1850년대에 디킨스는 딸과 아버지를 잃으면서 크나큰 상실감을 두 번이나 맛봐야했다. 이 시기에 아내와 별거를 하게 되었는데, 디킨스는 아내인 케이트를 공개적으로 비방했다. 이때 엘렌 터넌이라는 젊은 여배우를 만나 연인 사이로 발전했는데, 둘의 사이가 디킨스가 아내와 별거를 시작하기 전이었는지 후였는지에 대해서는 의견이 엇갈린다.

디킨스는 이후 작품에서 비관적인 세계관을 보이기 시작했다. 1852년부터 53년에 걸쳐 연재했던 《황폐한 집(Bleak House)》에서는 영국사회의 위선을 다뤘으며, 1854년에 발표한 《어려운 시절(Hard Times)》은 경제 팽창이 최고점에 달했던 시기 산업도시를 배경으로 고용

주의 단점뿐만 아니라 변화를 추구하는 이들의 단점도 함께 서술해 이야기를 더욱 견고하게 풀어나갔다. 이보다 더 암울한 소설 《리틀 도릿(Little Dorrit)》은 인간의 가치가 세상의 야만성과 어떻게 대립하는지를 허구를 통해 보여주기도 했다.

'암흑기'에서 빠져나온 디킨스는 1859년 《두 도시 이야기(A Tale of Two Cities)》를 〈올더이어라운드〉에 발표했으며, 도덕적 개심을 향한 주인공의 평생에 걸친 여정에 초점을 맞춘 소설 《위대한 유산(Great Expectations)》을 이어 발표했다. 몇 년 후, 디킨스는 부가 런던 사회에 미치는 심리적 영향을 분석해 써내려갔던 《우리 둘 다 아는 친구(Our Mutual Friend)》를 발표하기도 했다.

1865년 스테이플허스트 철도 사고를 당했던 디킨스는 건강을 완전히 회복하지 못했다. 하지만 병약한 상태임에도 순회를 계속 이어갔다. 1870년 6월 9일, 디킨스는 뇌졸중을 일으켜 58세의 나이로 켄트 주에 있는 자신의 시골집 개즈 힐 플레이스에서 사망했다. 이후 그는 웨스트민스터 애비 시인 묘역에 안장되었다. 스코틀랜드 출신의 풍자작가 토머스 칼라일은 디킨스가 타계하자 "전 세계적인 사건이다, 유일한 재주꾼이 멸종했다"고 했다.

20세기 독자들에게 가장 많은 사랑을 받았던 작가는 단연 찰스 디킨스일 것이다. 그의 명성은 21세기에 들어서도 시들지 않고 있다. 생전 디킨스는 광범위한 독자층을 확보했고 죽을 때까지 그 명성은 계속되었다. 셰익스피어와 더불어 영국을 상징하는 문호의 지위를 누리고 있는 디킨스는 예술성과 대중성을 작품 속에 성공적으로 결합한 최초의 인물이라는 평가를 받고 있다. 하지만 무엇보다 디킨스의 이러한 명성은 자신의 체험에 기초한 사회 하급계층의 생활상과 그들의 애환을 생생히 묘사하는 동시에 적절한 유머를 도입해 사회의 온갖 모순과 부정을 신랄하게 비판한 데 있다. 또한 소설을 통하여 당대에 필요한 사회 개혁을 호소하기도 했다. 디킨스의 작품들은 과거뿐만 아니라 이 시대에도 유효한 작품으로 여전히 독자들에게 사랑받고 있다.

황금진

| 작가 연보 |

1812년 2월 7일 찰스 존 허펌 디킨스(Charles John Huffam Dickens)는 영국 남부에 있는 포트 시(지금의 포츠머스) 외곽에서 태어나다. 8남매 중 둘째, 장남으로 태어났으나 이중 두 명은 어려서 죽었다. 그의 조부모는 하인 출신이었고 아버지 존 디킨스(John Dickens)는 해군 하급 관리였다. 아버지는 사교적이고 유머가 풍부했으나 경제적으로 무능했고, 어머니 엘리자베스 버로우(Elizabeth Barrow)는 선량하고 밝은 여자였으나 대체로 자식들에게 무정했다. 태어난 직후부터 경제적 이유 때문에 계속 이사를 다녀야만 했다.

1817년 아버지 존이 켄트 주에 있는 채텀(Chatham)의 해군 조선소에서 일하면서 형편이 좀 나아져서 잠시 학교에 다니긴 했지만, 공교육보다는 이 시절 다락방에서 읽었던 소설들이 그의 인생에 큰 영향을 끼쳤다.

1822년 경제적인 사정으로 온 가족이 런던으로 이사하여 캠던 타운(Camden Town) 근처의 빈민가에서 살게 되었다.

1824년 장남이었던 디킨스가 가계를 위해 구두약 공장에 취직을 했다. 집안의 빚이 점점 늘어나 아버지를 비롯한 온 가족이 마셜시 채무자 감옥(Marshalsea Debtor's Prison)에서 살았고, 열두 살의 디킨스는 혼자 하숙집에서 생활을 했다. 이 시절의 좌절감은 소설 《데이비드 코퍼필드(David Copperfield)》에 잘 나타나 있다.

1825년 할머니의 유산으로 부채를 청산하면서 구두약 공장을 그만두었다. 아들이 계속 공장에서 일을 해서 돈을 벌기를 바랐던 어머니의 반대에도 아버지는 3년간 웰링턴 하우스 아카데미(Wellington House Academy)에 다니게 했다. 이때 어머니에게 실망감을 느낀 디킨스는 평생 어머니와 서먹한 관계를 유지했다.

1827년 열다섯 살에 학교를 그만두고 2년간 변호사 사무실의 사환으로 일했으나 이 일과 맞지 않았던 디킨스는 법 제도와 변호사에 대한 거부감을 느끼게 되었다. 이후 대영박물관 자료 검토원으로 잠시 일했다.

1832년 속기법을 익혀 스무 살의 나이에 의회 출입 기자가 되다.

이곳에서의 경험을 통해 의회에 대한 불신을 얻게 되었지만 부정부패, 빈부격차 등 사회 현상에 눈을 뜨게 되다. 이 시기 은행가의 딸인 마리아 비드넬(Maria Beadnell)과 첫사랑에 빠졌으나 마리아 부모의 반대로 이 사랑은 이루어지지 않았다.

1833년 《먼슬리 매거진(Monthly Magazine)》에 단편소설 〈포플러 거리의 만찬(A Dinner at Poplar Walk)〉을 발표했다.

1834년 '보즈(Boz)'라는 필명으로 여러 정기 간행물에 풍속 전문 스케치를 기고하기 시작했다. 《모닝 크로니클(Moring Chronicle)》의 기자가 되었다.

1835년 《이브닝 크로니클(Evening Chronicle)》의 편집장 딸인 캐서린 호가스(Catherine Hogarth)와 약혼했다.

1836년 그간 발표한 풍속 스케치들을 모아 《보즈의 스케치(Sketches by Boz)》를 출간했다. 이후 《픽윅 페이퍼스(Pickwick Papers)》를 연재하기 시작했다. 이해에 평생 문학적 조언자이며 장차 그의 전기를 집필할 존 포스터(John Foster)와 만났다. 4월 캐서린 호가스와 결혼했다. 호가스 집안은 경제적으로는 부유하지 않았지만 문화적으로는 세련된 분위기의 가정이었다. 결혼을 하면서 캐서린의 동생 메리(Mary)가 함께 와서 살게 되면서 디킨스는 처제인 메리와 독특한 정신적 유대 관계를 맺게 되었다. 이듬해 봄 메리가 병으로 죽자 그는 충격을 받은 나머지 처음이자 마지막으로 소설 연재를 중단하기도 했다. 디킨스에게 이상적인 여인상으로 새겨진 메리의 빈자리를 채운 사람은 메리의 동생 조지나(Georgina)였다. 조지나는 평생 독신으로 디킨스의 집에 살며 살림을 했고, 캐서린과 디킨스가 헤어진 후 디킨스의 임종을 지킨 것도 조지나였다.

1837년 《픽윅 페이퍼스》를 단행본으로 출간했다. 이 작품으로 폭발적인 인기를 얻기 시작했다. 1939년까지 2년 동안 《벤틀리스 미셀러니(Bently's Miscellany)》의 편집장으로 일했다. 장남이 태어나고 좀 더 안락한 집으로 이사해 정착했다. 디킨스는 이때부터 정열적으로 집필 활동에 매진했다.

1838년 《벤틀리스 미셀러니》에 연재했던 《올리버 트위스트(Oliver Twist)》를 출간했다.

1839년 《니콜라스 니클비(Nocholas Nickleby)》를 출간했다. 리젠트 파크(Rigent Park) 근처의 고급 주택가로 이사하여 자수성가한 중산층의 본보기가 되었다.

1840년 《험프리 님의 시계(Master Humphrey's Clock)》라는 주간지를 편집했다.

1841년 《골동품 상점(The Old Curiosity Shop)》, 《바너비 러지(Barnaby Rudge)》를 출간했다.

1842년 왕성한 집필 활동을 하던 디킨스는 새로운 견문을 넓히고자 아내 캐서린과 함께 미국 여행길에 올랐다. 미국을 왕이나 계급이 없는 자유 민주주의 국가라 여기고 기대에 차서 여행을 떠났으나 노예제도를 목격하고 몹시 실망했다. 또 자신의 책이 미국에서 수백만 권이나 출판되었는데도 한 푼도 받지 못했던 터라 공식 석상에서 저작권과 관련해 미국을 비난했고 그 때문에 인기에 큰 타격을 입었다. 이후 《미국 여행 노트(American Notes)》 두 권을 발표했다.

1843년 《크리스마스 캐럴(Christmas Carol)》을 출간했다. 이 책은 그해 크리스마스이브 하루에만 6천 권이 팔려 나갔고, 이후 다양한 형태로 편집, 출간되어 영어권 사회에서는 크리스마스트리에 없어서는 안 될 장식품이 되었다. 이 책이 성공한 후 거의 해마다 크리스마스 철이 되면 크리스마스에 대한 이야기를 발표했다.

1844년 《마틴 처즐위트(Martin Chuzzlewit)》를 발표해 미국인의

속물주의를 풍자했다. 가족과 함께 이탈리아에서 1년을 보냈다.

1846년 《데일리 뉴스(Daily News)》의 편집장을 잠깐 맡았다. 이탈리아에서의 생활을 기록한 《이탈리아에서 보낸 그림(Pictures from Italy)》을 출간했다. 가족과 함께 스위스와 프랑스를 여행했다.

1847년 런던으로 돌아와 '집 없는 여성들을 위한 쉼터'를 설립했다.

1848년 《돔비와 아들(Domby and Son)》을 출간했다.

1850년 《가정 이야기(Household Words)》라는 잡지를 창간했다. 1859년까지 발행하는 동안 가정의 중요성을 예찬했지만, 스스로는 아내와 끊임없이 불화를 겪으며 평탄치 않은 가정생활을 이어 갔다. 같은 해에 자전적 소설 《데이비드 코퍼필드》를 출간했다.

1853년 《황폐한 집(Bleak House)》을 출간했다. 같은 해에 공개 낭독회를 열었다.

1854년 《가정 이야기》에 매주 연재하던 《어려운 시절(Hard Times)》 을 출간했다.

1856년 어린 시절 동경했던 로체스터(Rochester) 근교에 개즈 힐 저택을 구입했다. 이후 남은 생애 동안 이 집에 머물렀다.

1857년 《리틀 도릿(Little Dorrit)》을 출간했다. 윌키 콜린스(Wilkie Collins)의 멜로드라마 〈얼어붙은 골짜기(The Frozen Deep)〉의 연출을 맡고 배우로 출연하면서 여배우 엘렌 터넌(Ellen Ternan)과 사랑에 빠졌다.

1858년 아내 캐서린 호가스와 헤어졌다. 이해부터 순회 작품 낭독회를 시작했다. 극장에서 유료 관객을 대상으로 작품의 몇 장면을 골라 낭독하는 것으로 엄청난 인기를 끌었다. 순회 낭독회를 통해 디킨스는 막대한 돈을 벌어들이지만 건강을 해치는 결정적인 원인이 되었다.

1859년 《일 년 내내(All the Year Round)》라는 잡지를 발행하다. 여기에 〈두 도시 이야기(A Tale of Two Cities)〉를 연재했다.

1861년 《일 년 내내》에 매주 연재했던 《위대한 유산(Great Expectation)》을 세 권으로 묶어 출간했다.

1865년 《우리 모두의 친구(Our Mutual Friend)》를 출간했다.

1867년 두 번째로 미국 여행길에 올랐다. 보스턴, 뉴욕, 워싱턴 등지를 순회하며 작품 공개 낭독회를 개최해 소원하던 미국 독자들과 화해했다.

1868년 영국으로 돌아와 순회 낭독회를 계속했다.

1870년 〈에드윈 드루드의 미스터리(The Mystery of Edwin Drood)〉를 집필하던 6월 8일, 개즈 힐에 있던 서재 샬레 하우스(Chalet House)에서 종일 원고를 쓰고 난 후 저녁 식사 때 쓰러져 다음 날 세상을 떠났다. 웨스트민스터 사원에 안장되었다.

더클래식 세계문학 컬렉션 미니북

1 **노인과 바다** | 어니스트 헤밍웨이
1953년 퓰리처상 수상작 / 1954년 노벨 문학상 수상
미국대학위원회 선정 SAT 추천도서

2 **동물 농장** | 조지 오웰
미국대학위원회 선정 SAT 추천도서 / 〈타임〉 선정 현대 100대 영문소설
한국 문인이 선호하는 세계명작소설 100선 / 서울시 교육청 추천도서
논술 및 수능에 출제된 책(1998~2005)

3 **어린 왕자** | 앙투안 드 생텍쥐페리
전 세계 1억 부 이상 판매 기록 / 16개국 언어로 번역

4 **사람은 무엇으로 사는가**(톨스토이 단편선 1) | 레프 니콜라예비치 톨스토이
영어권 문학가들이 가장 좋아하는 작가 / 전 세계 거의 모든 언어로 번역된 필독서

5 **젊은 베르테르의 슬픔** | 요한 볼프강 폰 괴테
세기의 철학가와 문인들의 찬사를 받은 대표작

6 **독일인의 사랑** | 프리드리히 막스 뮐러
잊히지 않는 낭만적 사랑의 향기
독일 낭만주의 시인 막스 뮐러의 유일 순수문학 작품

7 **이방인** | 알베르 카뮈
노벨 연구소 선정 최고의 세계문학 100선 / 1957년 노벨 문학상 수상작
대한민국 명사 101인의 대표 추천작 / 연세대학교 필독도서
미국대학위원회 선정 SAT 추천도서 / 〈타임〉 선정 세상을 움직인 책 100권

8 **위대한 개츠비** | 프랜시스 스콧 피츠제럴드
〈타임〉 선정 현대 100대 영문소설 / 어니스트 헤밍웨이가 인정한 완벽한 일급 작품
20세기 100대 영문소설 1위 / 미국대학위원회 선정 SAT 추천도서

9 이상한 나라의 앨리스 | 루이스 캐럴
난센스와 판타지의 대표작 / 아카데미 '미술상' 수상한 영화의 원작
19세기 가장 유명한 영국 아동문학 작가

10 거울나라의 앨리스 | 루이스 캐럴
난센스와 판타지의 대표작 《이상한 나라의 앨리스》 속편
거울 속으로 떠난 앨리스의 두 번째 모험 이야기

11 데미안 | 헤르만 헤세
1946년 노벨 문학상 수상 작가 / 20세기 일대 센세이션을 일으킨 성장 소설의 고전
서울시 교육청 추천도서

12 수레바퀴 아래서 | 헤르만 헤세
대한민국 명사 101인의 대표 추천작
헤르만 헤세의 사춘기 시절 경험을 바탕으로 한 자전적 소설
1946년 노벨 문학상 / 국립중앙도서관 선정 청소년 권장도서

13 싯다르타 | 헤르만 헤세
대한민국 대표 시인 장석남이 강력 추천한 작품
출간과 동시에 10만 부가 넘게 판매된 역작
진정한 자아를 깨닫기 위해 고뇌하던 헤르만 헤세의 자전 소설

14 크눌프 | 헤르만 헤세
1946년 노벨문학상 수상 작가
8년에 걸쳐 완성된 '젊은 헤세'의 치열한 삶이 엿보이는 작품

15 청춘은 아름다워 | 헤르만 헤세
1946년 노벨문학상 수상 작가 / 헤르만 헤세가 추억하는 서툰 사랑의 이야기

16 햄릿 | 윌리엄 셰익스피어
대한민국 명사 101인의 대표 추천작 / 서울대학교 권장도서 100선
서울대학교 동서고전 200선 / 연세대학교 필독도서
미국대학위원회 선정 SAT 추천도서 / 국립중앙도서관 선정 청소년 권장도서

17 리어 왕 | 윌리엄 셰익스피어
대한민국 명사 101인의 대표 추천작 / 서울대학교 권장도서 100선

18 **맥베스** | 윌리엄 셰익스피어
서울대학교 권장도서 100선 / 연세대학교 필독도서
미국대학위원회 선정 SAT 추천도서 / 국립중앙도서관 선정 청소년 권장도서

19 **오셀로** | 윌리엄 셰익스피어
〈뉴스위크〉 선정 100대 명저 / 서울대학교 권장도서 100선

20 **로미오와 줄리엣** | 윌리엄 셰익스피어
서울대학교 동서고전 200선 / 칼리지보드 선정 고교생 필독서 101권

21 22 **이솝 이야기 1 ~ 2** | 이솝
어린이독서위원회, 서울독서교육연구회 권장도서

23 24 25 **피터 래빗 이야기 1 ~ 3** | 베아트릭스 포터
세상에서 가장 사랑받는 토끼 이야기 / 자연 보호와 동물 존중 사상이 담긴 작품

26 **예언자** | 칼릴 지브란
법정 스님이 마지막까지 머리맡에 남겨둔 책

27 **벤자민 버튼의 시간은 거꾸로 간다**(피츠제럴드 단편선 1)
| 프랜시스 스콧 피츠제럴드
전미비평가협회 선정 '톱 10 작품' 영화 〈벤자민 버튼의 시간은 거꾸로 간다〉의 원작

28 **광란의 일요일**(피츠제럴드 단편선 2) | 프랜시스 스콧 피츠제럴드
2013년 화제의 영화 〈위대한 개츠비〉의 작가 피츠제럴드 단편선

29 **야간 비행** | 앙투안 드 생텍쥐페리
1931년 페미나 문학상 수상 / 작가의 경험이 들어간 직업 소설

30 **하늘과 바람과 별과 시** | 윤동주
요절한 천재 민족 시인의 유고시집 / 대중성과 문학성을 겸비한 시인 김경주 추천작

31 **오즈의 마법사 1 – 오즈의 위대한 마법사** | 라이먼 프랭크 바움
미국대학위원회 선정 SAT 추천도서 / 연세대학교 필독도서
국립중앙도서관 선정 우수 번역서

32 **오즈의 마법사 2 – 환상의 나라 오즈** | 라이먼 프랭크 바움
미국대학위원회 선정 SAT 추천도서 / 국립중앙도서관 선정 우수 번역서

33 오즈의 마법사 3 – 오즈의 오즈마 공주 | 라이먼 프랭크 바움
미국대학위원회 선정 SAT 추천도서 / 국립중앙도서관 선정 우수 번역서

34 인간 실격 | 다자이 오사무
교육과학기술부 산하 사단법인 한국교육지원회 선정 아침독서 10분 운동 필독서

35 마지막 잎새(오 헨리 단편선) | 오 헨리
서울대학교 · 연세대학교 권장도서 / 서울시 교육청 권장도서
EBS 주최 북퀴즈 왕 선발 추천도서

36 탈무드 | 유대교 랍비
5천 년에 걸친 유대인의 지혜가 담긴 책 / 서울대학교 지정 수능필독도서
포스코 교육재단 선정 초등학교 필독도서 / 경북교육청 선정 청소년 권장도서
백인제기념도서관 교양도서

37 변신(카프카 단편선) | 프란츠 카프카
소외된 인간이었던 작가의 갈등과 고독을 반영 / 서울대학교 추천도서 100선
명사 101명이 추천한 파워클래식

38 삶이 그대를 속일지라도(푸시킨 시선집) | 알렉산드르 푸시킨
러시아 리얼리즘 문학의 선구자이자 러시아 국민시인 푸시킨의 대표 시선집

39 자기만의 방 | 버지니아 울프
20세기 페미니즘 비평의 선구자 버지니아 울프의 수필집
국립중앙도서관 선정 권장도서 / 서강대학교 권장도서 100선

40 크리스마스 캐럴 | 찰스 디킨스
셰익스피어와 함께 영국을 대표하는 작가 찰스 디킨스의 중편소설
'책으로 따뜻한 세상 만드는 교사들(책따세)' 권장도서

41 검은 고양이(포 단편선) | 에드거 앨런 포
포 최고의 미스터리 세계를 보여 준 호러 문학의 걸작

42 외투 · 코(고골 단편선) | 니콜라이 바실리예비치 고골
러시아 사실주의 문학의 지평을 연 작품

43 좁은 문 | 앙드레 지드
교육과학기술부 산하 사단법인 한국교육지원회 선정 아침독서 10분 운동 필독서

44 깨끗하고 밝은 곳(헤밍웨이 단편선) | 어니스트 헤밍웨이
국립중앙도서관 선정 권장도서 / 남산도서관 선정 권장도서

45 세 가지 질문(톨스토이 단편선 2) | 레프 니콜라예비치 톨스토이
영어권 문학가들이 가장 좋아하는 작가 / 전 세계 거의 모든 언어로 번역된 필독서

46 갈매기(체호프 희곡선 1) | 안톤 체호프
미국대학위원회 선정 SAT 추천도서 / 서울대학교 권장도서 100선

47 바냐 아저씨(체호프 희곡선 2) | 안톤 체호프
서울대학교 권장도서 100선 / 노벨 문학상 수상자 네이딘 고디머, 앨리스 먼로의 표본

48 개를 데리고 다니는 여인(체호프 단편선 1) | 안톤 체호프
서울대학교 동서고전 200선 / 노벨연구소 선정 세계문학 100선

49 귀여운 여인(체호프 단편선 2) | 안톤 체호프
노벨연구소 선정 세계문학 100선

50 지킬 박사와 하이드 | 로버트 루이스 스티븐슨
2004 한국 문인들이 선호하는 세계명작소설 100선
브로드웨이 뮤지컬 역사상 가장 아름다운 스릴러 〈지킬 앤 하이드〉 원작

51 겨울 왕국(안데르센 단편선) | 한스 크리스티안 안데르센
어린이문학에 꽃을 피운 불멸의 작가 / 세계를 움직인 100권의 책 선정
노벨연구소 선정 세계 100대 문학 작품

52 성냥팔이 소녀(안데르센 단편선 2) | 한스 크리스티안 안데르센
SBS 드라마 〈신의 선물-14일〉 메인 테마 도서
어린이문학의 꽃을 피운 불멸의 작가

53 예수의 생애 | 찰스 디킨스
2014년 개봉 〈선 오브 갓〉 원작 / 종교철학자 헤겔의 사상을 만든 고전
대문호 찰스 디킨스의 숨은 명작

54 셜록 홈즈 1 – 주홍색 연구 | 아서 코난 도일
영국 BBC 제작, KBS 방영 〈셜록 홈즈〉의 원작
대한민국 대표 추리 소설가 백휴의 작품 해설 수록

55 셜록 홈즈 2 – 네 개의 서명 | 아서 코난 도일
영국 BBC 제작, KBS 방영 〈셜록 홈즈〉의 원작
대한민국 대표 추리 소설가 백휴의 작품 해설 수록

56 셜록 홈즈 3 – 배스커빌 가의 개 | 아서 코난 도일
영국 BBC 제작, KBS 방영 〈셜록 홈즈〉의 원작
대한민국 대표 추리 소설가 백휴의 작품 해설 수록

57 셜록 홈즈 4 – 공포의 계곡 | 아서 코난 도일
영국 BBC 제작, KBS 방영 〈셜록 홈즈〉의 원작
대한민국 대표 추리 소설가 백휴의 작품 해설 수록

58 신데렐라(샤를 페로 단편선) | 샤를 페로
2014 인기 영화 〈말레피센트〉의 원작 / 프랑스 문학에 '환상 동화' 장르 구축

59 미녀와 야수(보몽 단편선) | 잔 마리 르 프랭스 드 보몽
변신 모티프의 전형을 완성한 명작 고전
미야자키 하야오와 디즈니 애니메이션, 영화 등의 원작

60 피노키오 | 카를로 콜로디
월트 디즈니 인생 최고의 애니메이션으로 재탄생 / 260개 언어로 번역된 교훈적 내용
스티븐 스필버그 감독의 2001년작 〈A.I.〉의 모티브

61 정글북 | 러디어드 키플링
영미권 작품 최초, 최연소 노벨 문학상 수상작 / 정글의 생명력을 담은 자연친화적 작품
작가의 아버지 존 록우드 키플링이 직접 그린 삽화 및 기타 삽화가들 그림 삽입

62 별(도데 단편선 1) | 알퐁스 도데
자연주의와 인상주의의 절묘한 조화 / 서정적인 감수성과 아름다운 문체
부산시 교육청 선정 중학생 권장도서 / 포스코 교육재단 선정 중학생 필독도서

63 보이첵(뷔히너 단편선) | 게오르그 뷔히너
세계 최초로 한국에서 뮤지컬화된 〈보이첵〉의 원작

64 세상을 보는 지혜 | 발타자르 그라시안 · 쇼펜하우어
세기를 아우르는 저명한 철학자가 쓰고 철학자가 옮긴 대표적인 작품
세상을 살아가는 데 꼭 필요한 빛나는 지혜를 전수해주는 인생 처세서

65 마지막 수업 (도데 단편선 2) | 알퐁스 도데
중 · 고등학교 국어 교과서 수록 작품 / 교육청 선정 청소년 권장도서 100선

66 67 68 오만과 편견 1 ~ 3 | 제인 오스틴
서울대학교 동서고전 200선 / 연세대학교 필독도서 / 세인트존스대학교 권장도서
〈텔레그라프〉 완벽한 도서관을 위한 권장도서 100 / 〈가디언〉 권장도서
미국대학위원회 선정 SAT 추천도서 / 국립중앙도서관 선정 청소년 권장도서

69 70 키다리 아저씨 1 ~ 2 | 진 웹스터
출간 이래 100년 동안 사랑받아 온 스테디셀러
세상의 편견을 뛰어넘은 편지 형식 소설의 대명사

71 72 그리스인 조르바 1 ~ 2 | 니코스 카잔차키스
미국대학위원회 선정 SAT 추천도서 / 한국간행물윤리위원회 선정 권장도서
한국출판인회의 출판인이 선정한 100권의 도서

73 74 월든 1 ~ 2 | 헨리 데이비드소로
미국대학위원회 고교추천도서 101 / 미국대학위원회 선정 SAT 추천도서

75 76 1984 1 ~ 2 | 조지 오웰
〈타임〉 선정 세상을 움직인 책 100권 / 세계 3대 디스토피아 미래 소설
〈가디언〉 권장도서 / 〈텔레그라프〉 완벽한 도서관을 위한 권장 도서 100
뉴욕 공립도서관 추천도서 / 하버드 대학생이 가장 많이 산 책 1위

77 78 오페라의 유령 1 ~ 2 | 가스통 르루
대한민국 명사 101인의 대표 추천작 / 서울대학교 권장도서 100선
연세대학교 필독도서 / 미국대학위원회 선정 SAT 추천도서 / 〈가디언〉 권장도서
세인트존스대학교 권장도서 / 논술 및 수능에 출제된 책(1998~2005)

79 80 도리언 그레이의 초상 1 ~ 2 | 오스카 와일드
미국대학위원회 고교 추천도서 101 / 대한민국 명사 101의 대표 추천작

81 82 83 두 도시 이야기 1 ~ 3 | 찰스 디킨스
영국이 낳은 가장 위대한 소설가 / 영화 〈다크나이트〉의 모티프
미국대학위원회 선정 SAT 추천도서 / 서울시 교육청 선정 청소년 필독도서

84 85 86 폭풍의 언덕 1 ~ 3 | 에밀리 브론테
서울대학교 · 연세대학교 · 고려대학교 권장도서
1940년 아카데미상 최우수작 지명 〈폭풍의 언덕〉 원작

87 88 마음 1 ~ 2 | 나쓰메 소세키
서울대학교 권장도서 100선 / 일본의 셰익스피어 나쓰메 소세키의 대표작

89 90 천로역정 1 ~ 2 | 존 버니언
《성경》 다음으로 많이 읽힌 기독교 3대 고전 중 하나
2003년 국립중앙도서관 선정 고전 100선

91 92 93 제인 에어 1 ~ 3 | 샬럿 브론테
150년간 사랑받은 로맨스 소설의 고전 / 미국대학위원회 선정 SAT 추천도서
영국 〈가디언〉이 선정한 세계 100대 최고의 소설 / 연세대학교 권장도서
영국 BBC 조사 영국인들이 가장 사랑한 소설 100선
현대 여성들이 가장 사랑하는 필독서

94 95 96 97 곰돌이 푸 1 ~ 4 | 앨런 알렉산더 밀른
2018년 디즈니 애니메이션 곰돌이푸 다시 만나 행복해 원작 동화
마음 따뜻한 시인 곰돌이의 감동적인 성장이야기

98 99 톰 소여의 모험 1 ~ 2 | 마크 트웨인
미국 현대 문학의 효시 마크 트웨인의 대표작
일본 후지 TV 애니메이션 〈톰 소여의 모험〉 원작

100 사슴 | 백석
모더니즘과 이미지즘의 대표 시인 백석의 대표작

• 더클래식 세계문학 컬렉션 미니북은 계속 출간될 예정입니다.

옮긴이 **황금진**

숙명여대 영문과를 졸업한 후 혼자 일하지만 쓸쓸하지 않은 직업인 번역가의 삶을 선택했다. 독자 대신 손품을 팔아 시간을 절약해주는 것이 번역가의 할 일이라 생각하며 성실한 자세로 일하고 있다. 옮긴 책으로는《혼자 있지만 쓸쓸하지 않아》,《정말 하고 싶은데 너무 하기 싫어》,《호르몬의 거짓말》,《아내 가뭄》,《소녀는 왜 다섯 살 난 동생을 죽였을까?》,《런어웨이》,《개와 영혼이 뒤바뀐 여자》,《카네기 인간관계론》,《과소유 증후군》,《시간을 2배로 늘려 사는 비결》 등이 있다.

크리스마스 캐럴

초판 1쇄 펴낸 날 2023년 8월 31일

지은이 찰스 디킨스
옮긴이 황금진
펴낸이 장영재
펴낸곳 (주)미르북컴퍼니
자회사 더클래식
전 화 02)3141-4421
팩 스 0505-333-4428
등 록 2012년 3월 16일(제 313-2012-81호)
주 소 서울시 마포구 성미산로32길 12, 2층 (우 03983)
E-mail sanhonjinju@naver.com
카 페 cafe.naver.com/mirbookcompany
S N S instagram.com/mirbooks

• (주)미르북컴퍼니는 독자 여러분의 의견에 항상 귀 기울입니다.
• 파본은 책을 구입하신 서점에서 교환해 드립니다.
• 책값은 뒤표지에 있습니다.